历代诗话丛书

LiDai ShiHua CongShu

人间词话

王国维 著
周兴陆 批注

凤凰出版传媒集团 凤凰出版社

图书在版编目（CIP）数据

人间词话/王国维著；周兴陆批注.—南京：凤凰出版社，2009.12（2018.4重印）
（历代诗话丛书）
ISBN 978-7-80729-433-7

Ⅰ.人… Ⅱ.①王…②周… Ⅲ.词话（文学）—中国—近代 Ⅳ.I207.23

中国版本图书馆CIP数据核字(2009)第206715号

书　　名	人间词话
著　　者	王国维　著　周兴陆　批注
责任编辑	韩凤冉
出版发行	凤凰出版社(原江苏古籍出版社) 发行部电话025-83223462
出版社地址	南京市中央路165号,邮编:210009
出版社网址	http://www.fhcbs.com
照　　排	南京理工出版信息技术有限公司
印　　刷	江苏扬中印刷有限公司 扬中市科技园区东进大道6号　邮编:212212
开　　本	718×1005毫米　1/16
印　　张	9.25
字　　数	153千字
版　　次	2009年12月第1版　2018年4月第3次印刷
标准书号	ISBN 978-7-80729-433-7
定　　价	25.00元

(本书凡印装错误可向承印厂调换,电话:0511-88420818)

目　　录

导　言

《人间词话》发表至今，整整一百年。在这百年里，它引起读者极大的兴味，出现了各种注释、解说、评论的著作和文章，研究《人间词话》的专书不在一百种之下，读者对它的喜爱，要超过任何一部其他的诗话、词话。人们究竟为什么喜爱《人间词话》？《人间词话》的魅力何在？这个问题要从王国维其人和《人间词话》其书两个方面去探索。

一、王国维：忧生忧世的人生历程

王国维(1877—1927)，初名德桢，后改为国维，字静安，亦字伯隅；初号礼堂，后更为观堂，又号永观。浙江海宁人。王国维生活的年代，正是晚清社会各种政治势力、学术思潮和人生理念大冲突、大裂变、大融合的时代。他“体素羸弱，性复忧郁”(《静安文集续编·自序》)，多病的人生遭逢多难的时代，“忧生”和“忧世”一齐积压着他，驱策他不断地去解索人生的困惑，追寻人生的真谛，为疲惫的心灵讨取片刻的安慰和宁静。

王国维的一生，就是对人生问题不断追索讨问的过程。

王国维曾自叙其早年读书经历说：“余家在海宁，故中人产也。一岁所入略足以给衣食，家有书五六箧，除《十三经注疏》为儿时所不喜外，其余晚自塾归每泛览焉。十六岁见友人读《汉书》而悦之，乃以幼时所储蓄之岁朝钱，购前四史于杭州，是为平生读书之始。时方治举子业，又以其间学散文骈文，用力不专，略能形似而已。”(《静安文集续编·自序》)22岁以前，他在家乡接受传统教育，为以后治文史考据之学奠定了基础。就在此时，他思想中已表现出近代的异端色彩：他不喜科举时文，参加科举考试时“不终场而归”(赵万里《王静安先生年谱》引陈守谦《祭文》)，弃帖括八股而不为，表现出鄙薄功名、唾弃利禄、重情多思的人生志趣。

1898年甲午海战后，王国维“始知世尚有所谓新学者”。是年，他到上海《时务报》做文书校对工作，缘罗振玉之力，进入东文学社。此时的东文学社以讲授西方科学技术为务，而王国维的兴趣则偏重于哲学。通过日籍教师藤田丰八、田冈佐治二君，王国维间接得知康德、叔本华哲学。直到1903年，王国维才开始读康德专著《纯粹理性批判》，“几全不可解，更辍不读”。稍后，读叔本华的《世界是意志和表象》（今译《作为意志和表象的世界》），“大好之”，称其“思精而笔锐”，读之不已，更广涉叔本华其他哲学论著。叔本华悲观主义唯意志论哲学之所以和王国维一拍即合，一方面是由于叔氏哲学的社会批判色彩，高扬生命意志的异端精神，顺应当时的时势思潮，也顺应王国维少年时即表现出的求新求异的、叛逆的倾向；另一方面，更主要的是在“悲观主义人生论”上，两人有着深度的契合点。叔氏悲观主义哲学可谓深契“性复忧郁”的王国维的心，对王国维此后的人生观、文学观有深刻的影响，也给王国维的文学创作和研究抹上一层厚重的悲观色彩和悲剧精神。1904年的《红楼梦评论》就是“全以叔氏为立脚地”，此外像《屈子文学之精神》、《文学小言》等，都是运用叔本华、尼采、康德、席勒等人的美学理论来探讨中国文学问题的有名之作。

30岁之前，王国维主要精力在介绍和钻研西方哲学美学，刚跨而立之年，他开始对自己醉心于哲学的人生意义作反省式责问。本来，王国维是非常看重哲学的，他曾说哲学的事业是“探宇宙人生之真理而定教育之理想者”（《论大学及优级师范学校之削除哲学科》）。而现在呢？“余疲于哲学有日矣。哲学上之说，大都可爱者不可信，可信者不可爱。……知其可信而不能爱，觉其可爱而不能信，此近二三年中最大之烦闷，而近日之嗜好所以渐由哲学而移于文学，而欲于其中求直接之慰藉者也”（《静安文集续编·自序二》）。王国维兼备敏锐丰富的审美感情和睿智深刻的思辨理性，集诗人与哲学家的气质于一身。“余之性质，欲为哲学家则感情苦多，而知力苦寡；欲为诗人则又苦感情寡而理性多”（同上）。两种气质的融合促动，使得他的哲学富有个性和情韵，诗学饱含理性和深度；两者的裂荡冲突，又迫使他不得不做出非此即彼的选择。王国维自视颇高，总是以天才自期自许。他省察自己说：“以余之力加之以学问，以研究哲学或可操成功之券，然为哲学家则不能；为哲学史则又不喜，此亦疲于哲学之一原因也。”(同上)哲学家是“作”,哲学史家只是“述”而已。不能做一个哲学家,又不情愿萎缩为一个哲学史家,所以他疲于哲学。而此时,在诗词创作上的成就,引起了他另一番人生兴味,改变了他人生求索的路向。王国维超越了哲学的玄思,走进了文学的幻境,在情真美幻、深邃杳渺的艺术境界中安顿灵魂。在《去毒篇》中他说:“感情上之疾病非以感情治之不可,必使其闲暇之时心有所寄而后能得以自遣。夫人之心力不寄于此则寄于彼,不寄于高尚之嗜好,则卑劣之嗜好所不能免矣。而雕刻、绘画、音乐、文学等,彼等果有解之之能力,则所以慰藉彼者世固无以过之。……而美术之慰藉中尤以文学为尤大。”希求文学来燮理感情的疾病,寄托高尚的嗜好,慰藉饥渴的心灵。

1906年《人间词甲稿》刊行,1908年前《人间词乙稿》也已完成。王国维对自己的《人间词》是十分自负的,给予很高的评价。《静安文集续编·自序二》说:“余之于词,虽所作尚不及百阕,然自南宋以后,除一二人,尚未有能及余者,则平日之所自信也。虽比之五代北宋之大词人,余愧有所不如,然此等词人亦未始无不及余之处。”很有自得之意。在《人间词话》中,他转述樊抗父(志厚)称道其《浣溪沙》、《蝶恋花》等词后,夫子自道曰:“余自谓才不若古人,但于力争第一义处,古人亦不如我用意耳。”自许《人间词》已探得“第一义处”。又谈及自己倡和东坡白石韵的《水龙吟》、《齐天乐》,说:“皆有‘与晋代兴’之意。”与古人原作相比毫无愧色。况且,“余之所长则不在是,世之君子宁以他词称我”。自信自负之情,溢于言表。的确,《人间词》是王国维生命底蕴的流露,精神生气的灌注,不同于“羔雁之具”、模拟之作,是作者对宇宙与人生、生命的悲剧性等基本人生问题讨问和思索的结晶。王国维忧郁沉闷的思虑和个性在《人间词》中完全敞开,《人间词》是此阶段诗人心灵之思、情感之动的真实痕迹,而王国维的《人间词话》就是对《人间词》创作实践经验的总结和理性把握。《人间词》和《人间词话》正是王国维关于词的创作实践和理论阐发的精粹,两者以共同的人生信念作为基础,相互关联,相得益彰。《人间词》为《人间词话》提供丰富的感性经验基础,而《人间词话》是对《人间词》之创作感悟和艺术经验的理性概括和理论引申。两者产生时间大致相同,正好是王国维心灵轨迹和思索历程在感性和理性两个层面的清晰印记。

王国维《人间词》和传统诗词的最大区别是，他不再仅仅关注人的伦理世情，去重复离别相思、宠辱陟黜的主题，而是将个人自我抛入茫茫大块的宇宙、大化流行生生不已的永恒中，让自我去面对注定的人类悲剧，甚至将自我作暂时的人格分裂，作灵魂拷问，去追究人生无根基性的命数；也就是说王国维开始摆脱传统的伦理视界的限制，进入一种哲学视界，对人生进行一种哲学式的审美思索和艺术表达。王国维的《人间词》浸透了叔本华的悲观主义哲学观，他用一双充满忧郁、孤独、悲悯的眼睛审视着世界和人生。词中的自然意象多是肃霜秋风、栖鸦孤雁、鹤唳乌啼、残霞落花，基本主题是人间无凭、人世难思量、人生苦局促。这种慨叹不是古人那种片刻失意落魄后的自怨自艾，而是词人王国维对宇宙人生一贯的哲学洞识和艺术感觉。在王国维的《人间词》中使用频率最高的词是“人间”、“人生”。“人间”、“人生”作为诗人体验思索的对象进入诗人的视野。王国维将他的词集称为“人间词”，将他的词话命名为“人间词话”，其中似乎暗含着一种人生扣问的哲学况味。

王国维扣问的“人间”、“人生”究竟是怎样一幅图景呢？他说：

人生只似风前絮，欢也零星，悲也零星，都作连江点点萍。（《采桑子》）

最是人间留不住，朱颜辞镜花辞树。（《蝶恋花》）

人间事事不堪凭，但除却“无凭”两字。（《鹊桥仙》）

人间总是堪疑处，唯有兹“疑”不可疑。（《鹧鸪天》）

说与江潮应不至，潮落潮生，几换人间世。（《蝶恋花》）

算来只合、人间哀乐，者般零碎。（《水龙吟·杨花》）

人间孤愤最难平，消得几回潮落又潮生。（《虞美人》）

人间那信有华颠。（《浣溪沙》）

人间须信思量错。（《蝶恋花》）

掩卷平生有百端，饱更忧患转冥顽。（《浣溪沙》）

人生苦局促，俯仰多悲悸。（《游通州湖心亭》）

我身即我敌，外物非所虞。（《偶成》）

大患固在我，他求宁非谩。所以古达人，独求心所安。（《偶成》）

人生一大梦，未申觉何时。（《来日》）

人间地狱真无间。(《平生》)

欲觅吾心已自难,更从何处把心安。(《欲觅》)

王国维的《人间词》旨在揭明乾坤广大、人生须臾这一命定的人生悲剧。人间是一场大梦魇,和地狱没有分别,而芸芸众生,迷失本心,唯务外求,百般钻营,最后不过如过眼烟云,瞬息永逝。这完全是出自叔本华悲观主义哲学观而对人生的解读。往民族文化传统中搜索,与老、庄的生死观也有相通之处。王国维通过诗词向人们挑明,向尘寰苦求乐土是无望的,人生就是一场悲剧,人生活在世界上就是永远的愁烦和揪心。"不有言愁诗句在,闲愁那得暂时消?"(《拼飞》)要打消闲愁,求得心安,只有在诗国中,在艺术境界中才有可能。这就是王国维所说的他词中之"第一义处",对这种"第一义处"的揭明,也就达到《人间词话》中标举的"真"的境地。王国维的《人间词话》透过艺术意蕴对他意念中的人生真义进行哲学式的思索参悟,和传统文学中世俗的、政教的、伦理的思维路向是不同的(当然在传统文学中也有出于道家或禅宗的哲学式玄思,但尚未成为文学和文论主流)。这一点,对于理解《人间词话》是很重要的。因为我们已习惯于将王国维艺术理论的哲学式表达,拉回到传统的政教伦理式表达的框架之中,忽略了《人间词话》的这一理论转向。

撰著《人间词话》之后,王国维开始将志趣转移到戏曲方面。这种转变也是受西方文学观念激发的。他自叙其有志于戏曲研究的缘故道:"吾中国文学之最不振者莫若戏曲。元之杂剧、明之传奇,存于今日者,尚以百数。其中之文字虽有佳者,然其理想及结构,虽欲不谓至幼稚、至拙劣,不可得也。国朝之作者虽略有进步,然比诸西洋之名剧,相去尚不能以道里计。此余所以自忘其不敏而独有志乎是也。"(《静安文集续编·自序二》)又在《文学小言》中说:"元人杂剧美则美矣,然不知描写人格为何事。至国朝之《桃花扇》则有人格矣,然他戏曲则殊不称是。……以东方古文学之国,而最高之文学无一足以与西欧匹者,此则后此文学家之责矣。"王国维鉴于中国之戏曲之不振,试图从史的整理入手来担当起振兴中国戏曲的责任。在西方戏剧理论和史学观念的烛照下,结合传统的考据学方法,他撰著了《曲录》、《戏曲考原》、《唐宋大曲考》、《优语录》、《古剧角色考》。1912 年以此为基础花三个月时间完成了《宋元戏曲史》。郭

沫若称道此书和鲁迅的《中国小说史略》说:“毫无疑问,是中国文艺史研究上的双璧。”(《鲁迅和王国维》)

1911年辛亥革命后,王国维东渡日本,寄寓京都,以清朝遗老自居,在人生志趣和治学方向上又一次发生了根本性转折。他曾将以前出版的《静安文集》焚毁殆尽,以示有悔,在写成《宋元戏曲史》后,就埋头于古文字、古器物、古史地的研究,从中寻求精神上解脱,一直到他生命的最后。王国维此次学术转向跟罗振玉有很大关系。罗振玉给王国维的论学书规劝道:

尼山之学在信古,今人则信今而疑古。本朝学者,疑《古文尚书》,疑《尚书孔注》,疑《家语》,所疑固未尝不当。及大名崔氏著《考信录》,则多疑所不必疑。至于晚近,变本加厉,至谓诸经皆出伪造;至欧西之学,其立论多似周秦诸子,若尼采诸家学说,贱仁义,薄谦逊,非节制,欲创新文化以代旧文化;则流弊滋多!方今世论益歧,三千年之教泽,不绝如线;非矫枉不能返经。士生今日,万事不可为,极此横流,舍反经信古未由也!君年方壮,予亦非到衰落,守先待后,期与子共勉之!

1916年王国维返回上海后,为犹太巨商哈同编辑《学术丛编》,后又兼任哈同创办的仓圣明智大学教授,共长达七八年之久。正当他在“国学”考据方面成绩辉煌之时,其政治态度却日趋倒退,思想情绪日益悲观。1923年,他欣然“应招”北上,任末代皇帝溥仪的“南书房行走”。1924年11月,溥仪被逐出宫,王国维视为奇耻大辱,欲投御河自尽未遂。次年,愤于“皇室奇变”而遗老们犹“排挤倾轧,乃与承平无异”,决计“离此人海”(《观堂遗墨》卷下三月二十五日给蒋汝藻信)。这时,他被聘任为清华学校国学研究院研究导师,然心灵上一直笼罩着“忧君”“忧国”和“君辱臣死”的阴云。1927年6月,当北伐军进抵郑州,直逼北京时,王国维终于留下了“经此世变,义无再辱”的一纸遗书,投昆明湖自杀。王国维曾说过:“余平生唯与书册为伍,故最爱而最难舍去者,亦唯此耳。”(转引自王德毅《王国维年谱》“叙例”)他一生的志趣在与书册为伍,做一个宁静的文人和学者。他重游狼山寺时曾向往着在山中建构一草庐,归隐读书,远离尘寰,“此地果容成小隐,百年那厌读奇书。君看岭外嚣尘上,讵有吾侪息影区。”(《重游狼山寺》)若离开书本,离开古史世界,在纷纷扰扰的现实中王国维找不到息肩之处。在那政治时势、思想文化都极不宁静的时代,任何人都必须做出自己的选择。王国维最终选择了死。

对于王国维的死因,历来有不同的解释,然而死无对证,很难说那一种解释确切地捉定了真正的原因。有意味的是,早在十年前,王国维曾就“自杀”发表过一番评论,说:“至自杀之事,吾人姑不论其善恶如何。但自心理学上观之,则非力不足以副其志而入于绝望之域,必其意志之力不能制其一时之感情,而后出此也。而意志薄弱之社会,反以美名加之,吾人虽不欲科以杀人之罪,其可得乎哉?”(1916 年《教育小言》)由四十岁之鄙薄自杀到晚年之亲身履践,其万不得已之情实在是“力不足以副其志而入于绝望之域”。陈寅恪《王静安先生遗书序》深沉的感慨,富有文化意味和思想深度。引述如下:

> 寅恪以为古今中外志士仁人,往往憔悴忧伤继之以死,其所伤之事,所死之故,不止局于一时间一地域而已,盖别有超越时间地域之理性存焉。而此超越时间地域之理性,必非其同时间、地域之众人所能共喻。然则先生之志事,多为世人所不解,因而有是非之论者,又何足怪耶?尝综览吾国三十年来人世之剧变至异,等量而齐观之,诚庄子所谓“彼亦一是非,此亦一是非”者。若就彼此所是非者言之,则彼此终古未由共喻,以其互局于一时间一地域故也。呜呼!神州之外更有九州,今世之后更有来世,其间倘亦有能读先生之书者乎?如果有之,则其人于先生之书钻味既深,神理相接,不但能想见先生之人,想见先生之世,或者更能心喻先生之奇哀遗恨于一时一地彼此是非之表欤!

王国维一生的学术道路曲折多变,在对人生永恒意义和心灵慰藉之所的探索路途上,他不断地求索,又不断地否定;否定又是为了新的索探。“人生过处唯存悔,知识增时只益疑。”(《六月二十七日宿硖石》)对过去的后悔,对眼前的怀疑,对未来的迷惘,促使王国维过早地结束了他的人生道路。

哲人其萎，非庸辈所喻。然作为国学大师的王国维的独特的精神世界，对于普通读者来说，总是一个深邃难测的谜。正是这个谜，召唤着一代又一代读者走近王国维，并试图走进王国维的内心。然而后期王国维的古史考辨，足以让一般读者望洋兴叹，难以举步，而王国维前期的诗词和评论著作，本身就是王国维的心迹，是他情感思辨所寄之作，相对较为显豁，因此，要了解这位精神界的大师，《人间词话》不能不读。

王国维的魅力不在于“自杀”，而在于他能将“旧学”和“新知”融会贯通，不新不旧，又新又旧。早年的王国维大力介绍叔本华、尼采的意志哲学和康德、席勒的游戏美学思想，但是他不忘记将西洋哲学和中国自己的思想，特别是老子、庄子、列子、佛学的思想结合起来，以西洋哲学来阐发传统文化，对中国自己的思想作出全新的解释，掘发传统文化中尚隐而未彰的思想苗头。他也作传统的诗词，也运用“词话”这种传统的著述形式，但其中孕育的新思想、新识见，已远远超出传统思想的牢笼，无法将之纳入到传统文学和文论的系统中去。所以吴文祺说他是“文学革命的先驱者”①；后期的王国维转入古史考辨，将文字材料与出土实物相结合的“二重证据法”，是他的创造。特别是他的古史考辨超出了传统学者信古迷经的视域，“经书不当经书（圣道）看，而当作史料看；圣贤不当圣贤（超人）看，而当作凡人看”，实是“旧思想的破坏者”②。

王国维的魅力还在于他思想之新锐与政治之保守，构成复杂人格的张力。辛亥革命之前数年里，王国维曾大力介绍叔本华和尼采的哲学，他在《叔本华与尼采》一文中称赞二人“欲破坏旧文化而创造新文化”。这个“破坏”和“创造”，大约也是他向国人引介叔本华、尼采的初衷。辛亥革命后的王国维，显然应该归入遗老一派，而且已绝口不提叔本华、尼采了。于1917年前后，他与妄图复辟的蒙古贵族升允之间还有过交往，后来又做逊帝的“南书房行走”。

问题是如何看待这些遗老？

过去人们总是用革命/反革命、进步/保守等对立的价值观来衡量前人。若据此标准，后期王国维在政治立场上丝毫不值得肯定。

---

① 吴文祺《文学革命的先驱者——王静安传》，载《小说月报》第十七期，1927年。

② 顾颉刚《悼王静安先生》，载《文学周报》第五卷，1927年。

但若放回到历史中，在今天看来瓦解封建制度的辛亥革命，在王国维等人的眼里，也不过是改朝换代而已，当时军阀混战的局面并没有任何革命后的新气象，甚至还不如过去的晚清，有个皇帝，虽然贫弱昏聩，毕竟天下一统。在世变急骤的时期里，认清形势，得风气之先的“趋新”固然可颂；固守本志，挽救道统学统于已坠，同样可敬。反过来想一想，若一个民族的文化，每当剧烈的变革到来时，不论老少，纷纷倒戈，竟相趋新忘本，那种文化是多么可怕啊！再往前看，王国维和我们一样，看不起赵孟頫，称赞大宋遗民汪元量“有宋近臣，一人而已”。他是有气节的，崇仰气节的，与历史上的遗民一样。对于前代的遗民，如明末清初的顾炎武、黄宗羲、王夫之等人，我们崇敬有加，对于晚清的遗民，我们为什么就不能宽容些呢？因此，王国维晚年政治上的保守，并非是他人生的污点。这是题外话。

二、《人间词话》：文学“人生论”的孤峰

《人间词话》虽然篇幅很短，但它称得上是中国文化史上的一部大著述。它一改过去政教伦理文学观的传统，而从人生论哲学观论文学，将文学与人生联系起来，在诗词理论中思考宇宙、人生、人格、自然、外物、真情等具有哲学本体论意味的问题，开启了传统诗文理论的一次转向。然而《人间词话》之后，在充满苦难、曲折和奋进的20世纪里，文学依然被拉回到政治伦理的羁縻中，即使出现过“为人生而艺术”的口号，但那个“人生”依然是当下社会现实政治，而不是哲学论的人生。从这个角度看，《人间词话》的“人生论”文学观，是前无古人，后无来者，是诗词理论史上的一座“孤峰”。

现联系王国维的其他相关著述，阐述他的“人生论”文学观。

1. 审美超功利的文艺观。传统诗文理论重视诗文的实用功能，所谓“讽谏”，所谓“文以载道”云云，都是将诗文镶嵌于社会政治思想统治的结构中，强调诗文的实际功用。当然，传统诗文理论也是丰富多样的，除了重视实际政治作用以外，自我调适，娱乐性情，沟通人际等也是诗文的重要作用。但总体上，强调诗文的现实功用，是儒家诗学价值论的主流。王国维则接受西方的审美超功利文艺观，突出文学的游戏功能、情感慰藉功

能，反对以文学为手段，追求眼前的实利。在《文学小言》中，他说："文学者，游戏的事业也。"这是源自于席勒的艺术观。在《人间嗜好之研究》中他引述席勒所谓"文学美术亦不过成人之精神的游戏"的观点。基于此，他对传统文学给予批判性的审思，唾弃"铺缀的文学"，以诗词为"羔雁之具"，将文学当作奉和应制、巴结逢迎的手段，攫取眼前的实利，那决非真正的文学。翻开古人的诗集，奉和应制、宾荣酬酢之作充饬其间，其实这些诗歌大多数空洞无物，是称不得文学的。王国维引介西方的审美超功利文学观来改造传统文论的实利主义，是有价值的。王国维所谓审美超功利，并非是唯美主义，而是有更高卓的旨趣在，那就是"谋求人类永恒的福祉"。在《人间嗜好之研究》中，王国维说："若夫真正之大诗人，则又以人类之感情为其一己之感情。"真正大诗人的著作"实为人类全体之喉舌，而读者于此得闻其悲欢啼笑之声，遂觉自己之势力亦为之发扬而不能自已"。也就是说，真正的大诗人，应该是先知先觉者，能够敏锐地感知到人类的普遍性情感，并将之揭明出来；而不只是以一己的穷通得失为念，钻营眼前的功利。

王国维引介的审美超功利文艺观，对于国人来说是新鲜的。但是他依据西方的审美独立论而严厉地否定传统的文学价值论，也难免矫枉过正，难免偏颇。如他说：

> 呜呼！美术之无独立之价值也久矣。此无怪历代诗人，多托于忠君爱国、劝善惩恶之意，以自解免，而纯粹美术上之著述，往往受世之迫害而无人为之昭雪者也。此亦我国哲学美术不发达之一原因也。

这段话的判断，现在来看是存在问题的。我国哲学美术是否真的不发达？若以西方的哲学标准来看，似乎如此。然而若能超越"以西律中"的思维模式，我国哲学美术有其独特的内涵、价值和意义。王国维对于诗歌表达"忠君爱国、劝善惩恶之意"很不以为然，不是他否定忠君爱国、劝善惩恶，而是认为这是伦理学的主题，而不应该是诗歌的任务。据此，他对杜甫精神也有微词。《题濩斋少保〈独立苍茫自咏诗〉图卷二首之二》云："许身稷契庸非拙，到眼开天感不胜。"《坐致》云："坐致虞唐亦太痴，许身稷契更奚为！谁能妄把平成业，换却平生万首诗。"杜甫一生"许身一何愚，窃比稷与契”，活出“己饥己溺”“民胞物与”的儒家人格，展现博大渊深的仁厚情怀，故而历代奉为“诗圣”，然而在王国维笔下竟然成为被揶揄的对象。实际上，不管是论古代文学还是现当代文学，都应该立足于具体的社会文化环境，在中国传统的社会结构和思想文化中，杜甫是一个民族诗歌精神的象征，是否定不得的；即使在当前的社会文化中，既应该提倡追求“人类永恒福祉”纯粹审美艺术，也应该提倡“穷年忧黎元，叹息肠内热”的杜甫精神。当前的文艺美学，既应该沿着王国维的哲学论方向前进，也应该承续传统的道德论方向加以发展，多向并进，才能构成理论的多元。

王国维还说：“生百政治家，不如生一大文学家。”（《教育杂感四则·文学与教育》）这句话也要具体来看，庸庸碌碌、毫无建树的政治家多至成百上千，也不如生一“大文学家”如屈原，如陶渊明，如杜甫，如苏轼，这当然是正确的。但是，政治家的“物质上之利益”和大文学家的“精神上之利益”都是有益于人类的，难以作出轩轾，比如孙中山和鲁迅，他们对于中华民族和文化的意义哪个更大？这是很难回答的问题。还是祖先说得好：“大上立德，其次立功，其次立言。”（《左传·襄公二十四年》）不论是圣人之立德，还是政治家之立功，还是大文学家之立言，都足以“不朽”，问题的关键是“立”。何谓“立”？仅就“立言”来说，司马迁所谓的“究天人之际，通古今之变，成一家之言”，就是“言”而能“立”。王国维的哲学文学论和文史考辨是“立言”之作，也足以使之不朽，但他同时代的那些浴血奋斗，推动历史进步的仁人志士同样也是立功不朽的。

2. 基于天才和人格论的“境界”说。王国维诗词理论中最引人注目的是他在《人间词话》中提出的“境界”说。《人间词话》初刊本第一则就说：“词以境界为最上。有境界则自成高格，自有名句。”以“境界”说为中心，他又提出“造境”和“写境”、“有我之境”和“无我之境”、“大事业大学问三种之境界”等说法，较有系统性。什么是“境界”？过去人们往往因为《人间词话》中“能写真景物、真感情者，谓之有境界，否则谓之无境界”一语，而将境界理解为“情景交融”的意境，我觉得这是对王国维“境界”说的误读。王国维“境界”说的理论基础，是叔本华的唯意志论哲学（王国维真正摆脱叔本华、尼采思想的明显影响，那是辛亥革命以后的事）。这个“境界”，主要是从主体角度立论的，用叔本华的话来说，是“精神之力”的提高

(P. 249)①,其最根本的内涵是从“欲望主体”向“纯粹主体”转变之后,获得“明亮的世界眼”而观审的对象。艺术的境界,根源于观照主体的精神境界。

这里不能不先介绍一下叔本华的哲学思想。

叔本华认为,我们可以经验的一切纷繁多样的客观世界、现实世界,都是表象世界,都是“意志”的表象,例如春花秋实,是客观的现实,为什么春天会开花,秋天会结果呢？那就是“意志”的作用。客观现实世界都是受“根据律”②所支配的,都摆脱不了时空形式、因果关系,所以春天才开花,秋天才结果。平时,我们观察“春花秋实”的客观世界,可以逻辑推想到这些表象背后各有其“意志”的根据,但是,从个别事物中,看不出意志的直接客体性,“个别事物并不是意志的完全恰如其分的客体性,而是已经被那些以根据律为总表现的形式弄模糊了”(P. 245—246)。意志的恰如其分的直接客体性,是理念(即王国维说的“真理”)。但是作为个体的我们,也是受“根据律”所支配,我们的认识服从于根据律,只能在具体的时空形式、因果关系中认识个别的事物,而不能认识真理。如何才能使我们主体从个别事物的认识上升到理念(真理)的认识呢？叔本华说,“在主体中必须发生一种变化”,也即从“欲望主体”向“纯粹主体”的变化。

有意识的人和动物的认识,一般来说,都是为意志服务的,这时的主体,就是“欲望主体”,束缚于“根据律”,为意志(即王国维说的“欲”)所驱使。但是人与动物的差异,在于人的认识可以暂时摆脱“根据律”的束缚,成为“认识的纯粹而不带意志的主体”,“栖息于、浸沉于眼前对象的亲切观审中,超然于该对象和任何其他对象的关系之外”(P. 249);“在这样的观审中,反掌之间个别事物已成为其种类的理念,而在直观中的个体则已成为认识的纯粹主体”。这种观审,是艺术的观察。经验与科学的观察是束缚于“根据律”,对个别事物及相互间关系的观察;而艺术是独立于根据律之外,透过表象而认识理念。所以艺术中的“境界”,以主体的转变为前提,“欲望主体”的认识,显然产生不了艺术“境界”;只有“纯粹主体”的直

① 叔本华《作为意志和表象的世界》,王国维所读本为英译本,这里权且依据商务印书馆 1995 年版,便于读者复核。后文引用该书仅注页码。

② 所谓根据律,是指一切事物,都存在于一定的时间、空间之中,都处于因果关系之中。日常生活中的认识,就是对于客体根据律的认识,而此时的主体也没有摆脱根据律的限制。

观，才能呈现出艺术“境界”。

“境界”是纯粹主体对于对象本相的审美直观。那么怎样才能摆脱欲望的挟制，升华为纯粹主体呢？综合王国维所论，纯粹主体的条件，一是天才，不失“赤子之心”；一是德性人格，两者相济为用。前者源自叔本华、尼采，后者更多源自于中国传统文化精神。

王国维《人间词话》说：“词人者，不失其赤子之心者也。”直接源头是尼采和叔本华。在《叔本华与尼采》一文中，王国维就很醉心于他们的“赤子”论。他引述叔本华的话说：

> 天才者，不失其赤子之心者也。盖人生至七年，知识之机关即脑之质与量已达完全之域，而生殖之机关尚未发达，故赤子能感也，能思也，能教也。一言以蔽之曰：彼之知力盛于意志而已。即彼之知力之作用，远过于意志之所需要而已。故自某方面观之，凡赤子皆天才也。又凡天才自某点观之，皆赤子也。

叔本华《作为意志和表象的世界》对天才有专门的阐述。他说，天才的认识能力，已摆脱了对他自己意志的服务，表现为对欲求没有任何关系的纯粹认识。普通人的认识能力，只是一盏照亮自己生活道路的提灯，天才人物的认识，“却是普照世界的太阳”。尼采的超人也是天才、赤子。王国维引述尼采《查拉图斯特拉如是说》的话：

> 赤子若狂也，若忘也，万事之源泉也，游戏之状态也，自转之轮也，第一之运动也，神圣之自尊也。

王国维接受叔本华、尼采的“天才”“赤子”论，提出：“词人者，不失其赤子之心者也。”意即大文学家能够摆脱世俗闻见的污染，避开意志的束缚，而以童真的、不带任何欲求的纯粹认识观审世界，表现世界。

王国维非常重视人格，将中国古代文艺理论的人格论提到新的高度。《文学小言》中他说：

> 三代以下之诗人，无过于屈子、渊明、子美、子瞻者。此四子者苟

无文学之天才，其人格亦自足千古。故无高尚伟大之人格，而有高尚伟大之文学者，殆未之有也。

天才者，或数十年而一出，或数百年而一出，而又须济之以学问，帅之以德性，始能产真正之大文学。此屈子、渊明、子美、子瞻等所以旷世而不一遇也。

这里所谓的“人格”，主要是指超出常人的境界，而能领悟并表现人类普遍的感情。

王国维《清真先生遗事·尚论三》说：

山谷云：“天下清景，不择贤愚而与之，然吾特疑端为我辈设。”诚哉是言。抑岂独清景而已，一切境界，无不为诗人设。世无诗人，即无此等境界。夫境界之呈于吾心而见于外物者，皆须臾之物。唯诗人能以此须臾之物，镌诸不朽之文字，使读者自得之。遂觉诗人之言，字字为我心中所欲言，而又非我之所能自言，此大诗人之秘妙也。

境界有二：有诗人之境界，有常人之境界。诗人之境界，唯诗人能感之而能写之，故读其诗者，亦高举远慕，有遗世之意。而亦有得有不得，且得之者亦各有深浅焉。若夫悲欢离合、羁旅行役之感，常人皆能感之，而唯诗人能写之。故其入于人者至深，而行于世也尤广。

揣其意，王国维这里所谓的“境界”有三个层次：最低级的层次，就是“常人的境界”，常人是欲望主体，受欲望的挟制，生活在苦痛之中，具有“悲欢离合、羁旅行役之感”却无法解脱，无从表达。第二种是一般诗人的境界，即王国维所谓“若夫悲欢离合、羁旅行役之感，常人皆能感之，而唯诗人能写之”，能将悲欢离合、羁旅行役之感形诸诗歌，获得美的超越，而能暂时离开欲望的挟制。第三种境界就是“大诗人之秘妙”，即以诗人之眼观物，以诗人之心感物，以诗人之笔写之，能够以“纯粹的认识”直观宇宙的本相。大诗人之诗，“字字为我心中所欲言，而又非我之所能自言”，这正是王国维所谓的“以人类之感情为其一己之感情”，是“人类全体之喉舌”，大诗人在一刹那间走出自我，顿悟宇宙的本相，成为人类感情的代言人。中国古代的诗词,多“不平之鸣”,“多是征戍、迁谪、行旅、离别之作”(《沧浪诗话·诗评》),也就是王国维这里的第二个层次,“常人皆能感之,而唯诗人能写之”。能够进入第三个层次的诗词作家,在王国维眼中并不多,或者如屈原、陶渊明、杜甫、李煜、苏轼等人跻身于此境界。王国维自己也很自负,在《静安文集续编·自序二》中说:

> 余之于词,虽所作尚不及百阕,然自南宋以后,除一二人外,尚未有能及余者,则平日之所自信也。虽比之五代、北宋之大词人,余愧有所不如,然此等词人,亦未始无不及余之处。

他的诗词不注重于写个人一时一地之感,而着力于揭明人类生存的普遍性的难以逃脱的大悲哀,这就是王国维所谓的“人类之感情”,其诗词的境界,也就是“大诗人之秘妙”。这当然得益于西方叔本华、尼采等哲学的烛照。然往中国传统诗论中去搜索,金圣叹所谓“诗非异物,只是人人心头舌尖所万不获已,必欲说出之一句说话耳”(《与家伯长文昌》);所谓“作诗须说其心中之所诚然者,须说其心中之所同然者。说心中之所诚然,故能应笔滴泪;说心中之所同然,故能使读我诗者应声滴泪也”(《答沈匡来元鼎》),云云,意思与王国维所谓“人类之感情”、“人类全体之喉舌”还是有相通之处的。

3. 深刻而片面的词评。王国维词学批评的态度几乎可以说是倔强的。他批《词辨》时说:“予于词,五代喜李后主、冯正中而不喜《花间》。宋喜同叔、永叔、子瞻、少游而不喜美成。南宋只爱稼轩一人,而最恶梦窗、玉田。”这是他基于“境界”说和“始盛终衰”的文体演化史观而对五代两宋词人的基本态度。李煜、冯延巳、晏殊、欧阳修、苏轼、秦观、辛弃疾等人的词,是士大夫之词,词在他们的手里,真正成为一种抒情的文学样式,文学性要远高于音乐性。而《花间》词过于浓艳,遮掩了主体的情怀,周邦彦、姜夔以降的南宋词人,又宅心于词的音乐性和形式技巧上,在王国维看来,是迷失正途。王国维对于历代词人态度极为鲜明的褒贬,与他独特的文学观念是相一致的,有自己的理论支撑,因而说是深刻的。但是,从词史实际来看,他对于《花间》词人、南宋词人,以及清代朱彝尊为首的浙派词人做出过于严厉的贬斥,又是片面的。

清代词坛自朱彝尊崇尚姜夔以来，一直取法南宋，标举南宋词作为词学范本，晚清时依然如此，主流还是学南宋，而王国维能一反众论，独标五代北宋，而且给出自己的富有理论新意的解释，特别是其创作实践能够印证自己的理论主张①，故而能够产生巨大的反响。近人蔡嵩云《柯亭词论》指出“治小令途径”，说：“取深俊婉约家数，由宋初珠玉、六一、淮海诸家，上溯正中，更以近代王静庵之人间词扩大其词境，此亦一途也。”静安词也俨然成为晚清词坛不可忽视的一家。

总体上说，王国维的《人间词话》是中国近代最负盛名的一部词话著作。它用传统的词话形式以及传统的概念、术语，较为自然地融进了一些新的思想观念和方法，其总结的理论问题又具有相当普遍的意义，因此能在不同时代的读者中产生重大的反响，在中国近代文学批评史上具有崇高的地位，在中国诗话、词话发展史上堪称是一部划时代的作品。因此，它理所当然地受到国内外学者的普遍重视②。

① 樊志厚《人间词乙稿序》谓王国维词“有意境”，“与五代、北宋为近”。

② 参见黄霖师《近代文学批评史》（上海古籍出版社 1993 年）第 850 页，和蓬莱阁丛书《人间词话导读》（上海古籍出版社 1998 年）。

辑校说明

王国维《人间词话》的删改、发表、后人增补情况十分复杂。其手稿藏于北京国家图书馆，现已由浙江古籍出版社2005年影印出版，使我们可以对他的删改遴选情况有一个基本的了解。

最初，王国维从手稿中选择64则发表于1908年10月至1909年1月的《国粹学报》第四十七、四十九和第五十期上。其中，第1至第21则刊于《国粹学报》第四十七期，第22则至39则刊于第四十九期，第40至64则刊于第五十期。这64则，我们称之为“初刊稿”。1927年罗振玉编印《海宁王忠慤公遗书》，其中的《人间词话》，就是以这64则为上卷，后来出版的《人间词话》如通行的人民文学出版社王幼安校订本均沿袭这种编排方式。

这64则的初刊本的版本形态有如下几类：

一、手稿本。检已影印行世的稿本，这64则多已分散于其中，在文字上存在大量的删改，从这些涂抹删改中，可以想见王国维撰写词话时字斟句酌的情形。手稿本具有很高的文献价值，值得用来与刊本相校。

二、《国粹学报》本。1908、1909年，王国维在《国粹学报》上第一次刊行这64则《人间词话》，从手稿的125则中挑选64则刊行于世，选和不选，这本身就体现出作者对自己词学评论的一次重新审察。不仅仅是挑选，在条目排序上，在文字上，王国维都再次进行细致的斟酌。通过刊行本与手稿本的文字比照，可以发现，王国维是经过认真细致的修改后才提供给《国粹学报》发表的。手稿较为凌乱，刊本已显示出一定的系统性，如前九则带有通论性质，后面各则基本上按所论词人的时代顺序排列。

三、朴社本。1925年秋，北京大学朴社要刊发《人间词话》单行本，请陈乃乾致信王国维：“大著《人间词话》加新式标点印行，不知尊意可否？”

1925 年 8 月 29 日，王国维复陈乃乾信：

> 前奉手书，敬悉一切。《人间词话》乃弟十四五年前之作，当时曾登《国粹学报》，与邓君如何约束，弟已忘却，现在翻印，邓君想未必有他言。但此书弟亦无底稿，不知其中所言如何，请将原本寄来一阅，或者有所删定，再行付印。如何？

二十天后的 9 月 18 日，王国维又致陈乃乾信说："《词话》有讹字，已改正，兹寄上，请誊入。但发行时，请声明系弟十五年前所作。今觅得手稿，因加标点印行云云，为要。"其实不是根据"手稿""加标点"的，而是根据《国粹学报》本"改正"了若干"讹字"。1926 年，由俞平伯作序，朴社出版。后来的《海宁王忠慤公遗书》就是依据朴社本。

就以上三个版本来说，手稿本在时间上是最早的，但尚不足以成为定本；《国粹学报》本是第一次公开问世，但是正如十五年后作者自己说的，"有讹字"。这次整理的《人间词话初刊稿》依据"朴社本"作为底本，因为这是经过王国维亲手校订的定本。当然，朴社本也难免印刷的错误，需要拿手稿本和《国粹学报》本来校勘。特别是手稿本中的删削增补，从中可以推测王国维潜思密意的匠心所在。

另外，1914 年至 1915 年王国维在《盛京时报》上连载《二牖轩随录》，其中有《人间词话选》一篇。篇前有王国维的题识，说："余于七八年前，偶书词话数十则。今检旧稿，颇有可采者，摘录如下。"其中 20 余则内容见于初刊稿，文字略有异同，具有一定的校勘价值，这次也作为校本之一，称之为"《二牖轩随录》本"。

王国维去世以后出版的各种《人间词话》，就这 64 则初刊稿来说，校勘价值不大，往往是旧讹未正，又增新误。比如朴社本之末王国维署"光绪庚戌九月脱稿于京师宣武城南寓庐，国维记"，《海宁王忠慤公遗书》也有这句自署，改"光绪"为"宣统"，但王幼安校订的《人间词话》（人民文学出版社 1960 年）竟然将"宣武城南"讹为"定武城南"，今人有的还继续沿袭此误，真是以讹传讹。据年谱，1908 年 4 月，王国维"赁宅于宣武门内新帘子胡同"，何来"定武"之说？因此，本书校勘，王国维去世以后的各种版本一概置而不用。

王国维《人间词话》的手稿，除了已经刊于《国粹学报》的64则以外，剩下的内容分为两种情况，一是被作者自己整条删去的，我们称之为《人间词话删稿》；二是既非初刊，又非删除的，我们称之为《人间词话未刊稿》。“初刊稿”、“未刊稿”、“删稿”，是真正的《人间词话》。这次整理，《未刊稿》和《删稿》的文字，悉依影印的《手稿》，个别明显的讹误出校记，不再依据他本作校勘。

各本的若干文字，如“唯一”之“唯”，或作“惟”；“着”或作“著”；“第一”之“第”，或作“弟”，“次韵”的“韵”，或作“均”，这次一律依通行文字规范改之，不出校。“初刊稿”、“未刊稿”和“删稿”各则后括号中的数字，标识其在手稿中的位置。

王国维去世后，赵万里、陈乃乾、徐调孚等先后从各种文献中辑录了王国维品评历代词作的文字。这些条目，自王国维去世不久刊行的《海宁王忠悫公遗书》以来，一直都附着于《人间词话》而刊印出版。这次整理，名之曰《人间词话外辑稿》。

除此之外，王国维大量的评论诗词、美学的专篇和零星文字，都是值得汇集起来的，一来可以更为全面地理解王国维的文学思想，二来可以更方便地与《人间词话》相参。因此，这次整理也尽量汇集这些论诗词美学的文字，作为附录。为了避免篇幅庞大，像《红楼梦评论》、《宋元戏曲史》之类的专论，拙编《中国历代文论选新编·晚清卷》已选入，这里不再遴选。

卷上 《人间词话》初刊稿

一

词以境界为最上①。有境界则自成高格，自有名句②。五代、北宋之词所以独绝者在此。(31)

【校】：

①《二牖轩随录》本，无“最”字。

② 手稿本，“自成高格，自有名句”，原为“不期工而自工”，作者删而改之。

二

有造境，有写境，此“理想”与“写实”二派之所由分。然二者颇难分别，因大诗人所造之境必合乎自然，所写之境亦必邻于理想故也①。(32)

【校】：

①《二牖轩随录》选入此则，“分别”作“区别”；无“亦”字。手稿本同《二牖轩随录》。

王国维自视“境界”为“探本之论”，故而首标其目。“境界”是指主体精神力提升，由“欲望主体”转换为“纯粹主体”后对世界本相的审美直观及这种直观在作品中的呈现。诗词之境界，根源于作者精神之境界。

叶恭绰评《广箧中词》说：静安先生不欲以词名，而所作《词话》，理解超卓，洞明原本，指出“境界”二字及“隔”与“不隔”诸说，尤征精识。所作小令，寄托遥深，参以哲理，饶有五代、北宋韵格，洵足独树一帜。

王国维《红楼梦评论》：“夫美术之源，出于先天，抑由于经验？此西洋美学上至大之问题也。”

所谓“造境”和“理想”，是主观之诗人的创造，偏重于先验。主观之诗人不必多阅世，凭借其特殊强烈的想象力来创作。所谓“写境”和“写实”，是客观之诗人的创造，偏重于后验。客观之诗人需要多阅世，阅世深，材料丰富多样，便能够透过“个象”呈现背后的理念。

欧阳修《蝶恋花》：庭院深深深几许？杨柳堆烟，帘幕无重数。玉勒雕鞍游冶处，楼高不见章台路。

雨横风狂三月暮，门掩黄昏，无计留春住。泪眼问花花不语，乱红飞过秋千去。

秦观《踏莎行》：雾失楼台，月迷津渡，桃源望断无寻处。可堪孤馆闭春寒，杜鹃声里斜阳暮。　驿寄梅花，鱼传尺素，砌成此恨无重数。郴江幸自绕郴山，为谁流下潇湘去？

陶渊明《饮酒》其五：结庐在人境，而无车马喧。问君何能尔？心远地自偏。采菊东篱下，悠然见南山。山气日夕佳，飞鸟相与还。此中有真意，欲辨已忘言。

元好问《颍亭留别》：故人重分携，临流驻归驾。乾坤展清眺，万景若相借。北风三日雪，太素秉元化。九山郁峥嵘，了不受陵跨。寒波澹澹起，白鸟悠悠下。怀归人自急，物态本闲暇。壶觞负吟啸，尘土足悲咤。回首亭中人，平林澹如画。

王国维在《叔本华之哲学及其教育学说》中说："美之中，又有优美与壮美之别。今有一物，令人忘利害之关系，而玩之而不厌者，谓之曰'优美之感情'；若其物直接不利于吾人之意志，而意志为之破裂，唯由知识冥想其理念者，谓之曰'壮美之感情'。"

三

有有我之境，有无我之境。"泪眼问花花不语，乱红飞过秋千去"，"可堪孤馆闭春寒，杜鹃声里斜阳暮"，有我之境也。"采菊东篱下，悠然见南山"，"寒波澹澹起，白鸟悠悠下"，无我之境也。有我之境，以我观物，故物皆著我之色彩。无我之境，以物观物，故不知何者为我，何者为物。古人为词，写有我之境者为多。然未始不能写无我之境，此在豪杰之士能自树立耳①。(33)

【校】：

① 手稿本，"有我之境，以我观物，故物皆著我之色彩。无我之境，以物观物，故不知何者为我，何者为物。古人为词，写有我之境者为多。然未始不能写无我之境"数句，原作"有我之境，物皆著我之色彩。无我之境，不知何者为我，何者为物。此即主观诗与客观诗之所由分也"。后改作："有我之境，物皆著我之色彩。无我之境，不知何者为我，何者为物。古人为词，写有我之境者为多。然非不能写无我之境。"

四

无我之境，人唯于静中得之。有我之境，于由动之静时得之。故一优美，一宏壮也。(36)

五

自然中之物互相关系，互相限制①。然其写之于文学及美术中也，必遗其关系限制之处。故虽写实家亦理想家也。又虽如何虚构之境，其材料必求之于自然，而其构造亦必从自然之法律②。故虽理想家亦写实家也③。(37)

【校】：

① 手稿本，“互相限制”后有“故不能有完全之美”。

② 手稿本，“法律”作“法则”。

③《国粹学报》本，“故虽写实家亦理想家也”误为“故虽实写家亦理想家也”。

王国维所谓的“理想”和“写实”之分，本源于叔本华哲学，分别是对文艺中存在的偏重于先天的虚构想象和偏重于后天的逼真忠实的概括。但是一切文艺，既不是仅仅匍匐于生活真实之中，又不是完全脱离现实的虚幻，而是既合乎自然，又邻于理想。不过是在“理想”与“写实”之间有所侧重而已，并不互相排斥。

六

境非独谓景物也。喜怒哀乐，亦人心中之一境界①。故能写真景物、真感情者，谓之有境界。否则谓之无境界。(35)

【校】：

①《二牖轩随录》选入此则。首二句作：“境非独景物也。情感亦人心中之一境界。”手稿本，“喜怒哀乐”作“感情”。

王国维《孔子之美育主义》说：“至叔本华而分析观美之状态为二原质：(一)被观之对象，非特别之物，而此物之种类之形式；(二)观者之意识，非特别之我，而纯粹无欲之我也。”

樊志厚《人间词乙稿序》说：原夫文学之所以有意境者，以其能观也。出于“观我”者，意余于境；而出于“观物”者，境多于意。然非“物”无以见“我”，而“观我”之时，又自有“我”在。

七

"红杏枝头春意闹"，著一"闹"字而境界全出；"云破月来花弄影"，著一"弄"字而境界全出矣①。(46)

【校】：

①《二牖轩随录》选入此则。

陈正敏《遯斋闲览》：张子野郎中以乐章擅名一时，宋子京尚书奇其才，先往见之。一将命者谓曰："尚书欲见'云破月来花弄影'郎中。"子野屏后呼曰："得非'红杏枝头春意闹'尚书邪？"遂出置酒尽欢。

王国维说，著"闹"、"弄"字，而境界全出，意即通过此二字，诗人将纯粹观物时，在审美直观中呈现出来的自然力、自然生命力又直观的传达出来了。正是这传神的两个动词，使"呈于吾心而见于外物"的瞬间的境界成为永恒。从这个意义上说，文字是有灵的。

八

境略有大小，不以是而分优劣①。"细雨鱼儿出，微风燕子斜"②，何遽不若"落日照大旗，马鸣风萧萧"③？"宝帘闲挂小银钩"，何遽不若"雾失楼台，月迷津渡"也④？(48)

【校】：

①《二牖轩随录》选入此则。首二句作"境界有大小，然不以是而分优劣"。手稿本亦同。

② 手稿本，"细雨"句前原有"宝帘闲挂小银钩"，作者自行钩乙。《国粹学报》本，"微风燕子斜"作"微风燕子轻"，误。

③ 手稿本，"落日"二句，原为"五更鼓角声，三峡星河影动摇"，作者自行删改为"落日"二句。

④ 手稿本，"雾失"二句，原为"飞絮落花时候一登楼"，作者自行删改为"雾失"二句。

杜甫《水槛遣心》：去郭轩楹敞，无村眺望赊。澄江平少岸，幽树晚多花。细雨鱼儿出，微风燕子斜。城中十万户，此地两三家。

杜甫《后出塞五首》之二：朝进东门营，暮上河阳桥。落日照大旗，马鸣风萧萧。平沙列万幕，部伍各见招。中天悬明月，令严夜寂寥。悲笳数声动，壮士惨不骄。借问大将谁？恐是霍嫖姚。

秦观《浣溪沙》：漠漠轻寒上小楼，晓阴无赖似穷秋，澹烟流水画屏幽。　自在飞花轻似梦，无边丝雨细如愁。宝帘闲挂小银钩。

九

严沧浪《诗话》谓:“盛唐诸公唯在兴趣,羚羊挂角,无迹可求。故其妙处,透彻玲珑,不可凑拍,如空中之音,相中之色,水中之影,镜中之象,言有尽而意无穷。”余谓北宋以前之词亦复如是。然沧浪所谓“兴趣”,阮亭所谓“神韵”,犹不过道其面目,不若鄙人拈出“境界”二字为探其本也[①]。(78)

【校】:

① 手稿本,“沧浪所谓兴趣,阮亭所谓神韵,犹不过道其面目,不若鄙人拈出境界二字为探其本也”,原作:“但阮亭因沧浪此论遂拈出神韵二字,然神韵二字不过道其面目,不如鄙人拈出境界二字之探其本也”,作者自行删改为通行的文字。

一〇

太白纯以气象胜。“西风残照,汉家陵阙”,寥寥八字,遂关千古登临之口。后世唯范文正之《渔家傲》、夏英公之《喜迁莺》,差足继武,然气象已不逮矣[①]。(3)

【校】:

① 手稿本,“遂关”句作“独有千古”。“差足”作“差堪”。《二牖轩随录》选入此则,“太白”作“太白词”;“差足继武”作“差堪继武”。

一一

张皋文谓飞卿之词“深美闳约”,余谓此四字唯冯正中足以当之。刘融斋谓“飞卿精艳绝人”,差近之耳。(4)

王国维《清真先生遗事尚论》:一切境界,无不为诗人设。世无诗人,即无此等境界。境界有二:有诗人之境界,有常人之境界。诗人之境界,唯诗人能感之而能写之,故读其诗者,亦高举远慕,有遗世之意。

气象,一般是指建立在诗人豪迈恢宏、高拔超远的主体胸襟基础上的雄浑深厚的作品风格,在审美风格上属于壮美,因此以之论词者较少。但是随着苏轼、辛弃疾等豪放词的出现,“气象”也被移来论述豪放词的风格特征。值得注意的是,从“词为艳品”、限于写闺阁风月的晚唐北宋词坛上拣选出李白、范仲淹、夏竦这三首风格豪壮的词,并以“气象”品之,体现出王国维对词之审美风格的独特认识。

“西风残照,汉家陵阙”句出李白《忆秦娥》。

林花榭《读词小笺》:冯正中词,全以男女之情出之,而寓其意于迷离恍惚中。王静安《人间词话》以为:“深美闳约,唯冯正中足以当之。”予谓正中词,“美”则有之,“深”恐未必然也。

一二

“画屏金鹧鸪”，飞卿语也，其词品似之。“弦上黄莺语”，端己语也，其词品亦似之。正中词品，若欲于其词句中求之①，则“和泪试严妆”殆近之欤！(57)

【校】：

①《二牖轩随录》选入此则。“其词品亦似之。正中词品，若欲于其词句中求之”作“其词品亦似。若正中词品，欲于其词句中求之”。

一三

南唐中主词“菡萏香销翠叶残，西风愁起绿波间”，大有“众芳芜秽”，“美人迟暮”之感。乃古今独赏其“细雨梦回鸡塞远，小楼吹彻玉笙寒”，故知解人正不易得。(5)

一四

温飞卿之词，句秀也；韦端已之词，骨秀也；李重光之词，神秀也①。(103)

【校】：

①《二牖轩随录》选入此则，与下则合并为一则。“李重光”作“李后主”。

温庭筠《更漏子》：柳丝长，春雨细，花外漏声迢递。惊塞雁，起城乌，画屏金鹧鸪。　香雾薄，透帘幕，惆怅谢家池阁。红烛背，绣帘垂，梦长君不知。

韦庄《菩萨蛮》：红楼别夜堪惆怅，香灯半卷流苏帐。残月出门时，美人和泪辞。琵琶金翠羽，弦上黄莺语。劝我早归家，绿窗人似花。

冯延巳《菩萨蛮》：娇鬟堆枕钗横凤，溶溶春水杨花梦。红烛泪阑干，翠屏烟浪寒。　锦壶催画箭，玉佩天涯远。和泪试严妆，落梅飞夜霜。

陆游《南唐书·冯延巳传》：元宗乐府辞云：“小楼吹彻玉笙寒。”延巳有“风乍起，吹皱一池春水”之句，皆为警策。元宗尝戏延巳曰：“‘吹皱一池春水’，干卿何事？”延巳曰：“未如陛下‘小楼吹彻玉笙寒’。”元宗悦。

刘勰《文心雕龙·隐秀》：“秀也者，篇中之独拔者也”“秀以卓绝为巧”“状溢目前曰秀”。

“句秀”“骨秀”“神秀”都是特出挺拔的意思，然三者之间有层次之分：“句秀”，指善于炼句，精工绵密，然有句无篇，脉络层次不清晰，没有一以贯之的神气。“骨秀”，指工于言情。“神秀”，是感慨深刻，超越一己之悲欢，而深入到对宇宙意志、人生本相的直观呈现。

一五

词至李后主而眼界始大，感慨遂深，遂变伶工之词而为士大夫之词。周介存置诸温、韦之下，可谓颠倒黑白矣。“自是人生长恨水长东”，“流水落花春去也，天上人间”，《金荃》、《浣花》能有此气象耶[①]！(104)

【校】：

①《二牖轩随录》选入此则，与上一则合并为一则。文字存在差异，作：“词至李后主而境界始大，感慨遂深，遂变伶工之词而为士大夫之词。宋初晏、欧诸公皆自此出，而《花间》一派微矣。”

周济《介存斋论词杂著》：“李后主词，如生马驹，不受控捉。毛嫱、西施，天下美妇人也，严妆佳，淡妆亦佳，粗服乱头，不掩国色。飞卿，严妆也。端己，淡妆也。后主，则粗服乱头矣。”

胡适《词选》：“词曲起于燕乐，往往流于纤艳轻薄。到李煜用悲哀的词来写他凄凉的身世，深厚的悲哀，遂抬高了词的意味。他的词不但集唐五代的大成，还替后代的词人开一个新的意境。”

一六

词人者，不失其赤子之心者也。故生于深宫之中，长于妇人之手，是后主为人君所短处，亦即为词人所长处[①]。(105)

【校】：

① 手稿本，末后原有“故后主之词，天真之词也；他人，人工之词也”，作者自行删去。

《孟子·离娄下》：“大人者，不失其赤子之心者也。”

尼采《查拉图斯特拉如是说》：“赤子若狂也，若忘也，万事之源泉也，游戏之状态也，自转之轮也，第一之运动也，神圣之自尊也。”

一七

客观之诗人不可不多阅世，阅世愈深则材料愈丰富、愈变化，《水浒传》、《红楼梦》之作者是也。主观之诗人不必多阅世，阅世愈浅则性情愈真，李后主是也[①]。(106)

【校】:

① 手稿本,“不可不多阅世”,最初作“不可不知世事”,作者自行改作“不可不阅世事”。“不必多阅世”,最初作“不可多知世”,作者自行改作“不必多阅世”。

一八

尼采谓:“一切文学,余爱以血书者。”后主之词,真所谓以血书者也。宋道君皇帝《燕山亭》词亦略似之。然道君不过自道身世之戚,后主则俨有释迦、基督担荷人类罪恶之意,其大小固不同矣①。(107)

【校】:

① 手稿本,“尼采”,原作“德国尼采”,作者自行乙去“德国”二字。“身世之戚”,作“身世之感”。

尼采《查拉图斯特拉如是说》第二卷之《诵读与写作》:“一切写作之物,我只喜爱作者用自己的心血写成的。用你的心血写作罢:你将知道心血便是精神。”

宋徽宗(赵佶)《燕山亭》:“裁剪冰绡,轻迭数重,冷淡胭脂匀注。新样靓妆,艳溢香融,羞杀蕊珠宫女。易得凋零,更多少无情风雨。愁苦!问院落凄凉,几番春暮?凭寄离恨重重,这双燕何曾,会人言语。天遥地远,万水千山,知他故宫何处?怎不思量,除梦里有时曾去。无据,和梦也有时不做。”

《花间集》是最早的一部词总集,为后蜀贵族子弟赵崇祚所编,成于广政三年(940),选录温庭筠、皇甫松、韦庄、薛昭蕴等18位唐末五代词人的词作,凡500首,其中大部分词人为后蜀词客。王士禛《花草蒙拾》论《花间词》风格特征说:“最着意设色,异纹细艳,非后人纂组所及。”又说:“或问《花间》之妙,曰:蹙金结绣而无痕迹。”

一九

冯正中词虽不失五代风格,而堂庑特大,开北宋一代风气。与中、后二主词皆在《花间》范围之外,宜《花间集》中不登其只字也①。(6)

【校】:

① 手稿本,“风格”原为“气格”,作者自行删改。“与中、后二主词皆在《花间》范围之外,宜《花间集》中不登其只字也”,作:“中、后二主皆未逮其精诣。

《花间》于南唐人词中虽录张泌作，而独不登正中只字，岂当时文采为功名所掩耶？”

至于《花间集》为何不选冯延巳、李璟、李煜词，应该有时空两方面原因，从时间上说，《花间集》编成时，冯延巳才38岁，李璟才25岁，李煜还是个孩子，在词体创作上他们还没有显示出真正的实绩，没有发生多少影响；从地域上说，西蜀和南唐相距甚远，疆界和关卡都限制了文化上的交流。因此《花间集》不选南唐人词是很自然的。

二〇

正中[①]词除《鹊踏枝》、《菩萨蛮》十数阕最煊赫外，如《醉花间》之“高树鹊衔巢，斜月明寒草”，余谓韦苏州之“流萤度高阁”，孟襄阳之“疏雨滴梧桐”不能过也[②]。(18)

【校】：

① 手稿本，“正中”作“冯正中”。

②《二牖轩随录》选入此则。“正中”作“冯正中”；“十数阕”作“数十阕”；“余谓”作“虽”。

冯延巳《醉花间》：晴雪小园春未到，池边梅自早，高树鹊衔巢，斜月明寒草。山川风景好，自古金陵道，少年看却老。相逢莫厌醉金杯，别离多，欢会少。

韦应物《寺居独夜寄崔主簿》：幽人寂不寐，木叶纷纷落。寒雨暗深更，流萤度高阁。坐使青灯晓，还伤夏衣薄。宁知岁方晏，离居更萧索。

二一

欧九《浣溪沙》词“绿杨楼外出秋千”，晁补之谓只一“出”字，便后人所不能道。余谓此本于正中《上行杯》词“柳外秋千出画墙”，但欧语尤工耳[①]。(19)

【校】：

①《二牖轩随录》选入此则。“欧九”作“欧阳公”；“不能道”作“不能道也”。

吴曾《能改斋漫录》卷八引晁补之云：欧阳永叔《浣溪沙》云：“堤上游人逐画船，拍堤春水四垂天，绿杨楼外出秋千。”要皆妙绝，然只一“出”字，自是后人道不到处。

冯延巳与欧阳修二人词风太为相近，乃至在宋代两人词就已多“相乱”。就拿王国维所举的《玉楼春》来说吧，亦载于欧阳修的《文忠集》、《六一词》。不过文字略有差异。据施蛰存考证，这首《玉楼春》就是欧阳修所作，而混入冯延巳《阳春集》的。若果真如此，王国维此论也就落空了。

二二

梅舜俞《苏幕遮》词：“落尽梨花春又了，满地斜阳，翠色和烟老。”刘融斋谓少游一生似专学此种①。余谓冯正中《玉楼春》词：“芳菲次第长相续，自是情多无处足。尊前百计得春归，莫为伤春眉黛促。”永叔一生似专学此种。(52)

【校】：

① 手稿本：“刘融斋”，作“兴化刘氏”。

按，梅舜俞，应作梅圣俞，梅尧臣，字圣俞。

林逋《点绛唇》：金谷年年，乱生春色谁为主？余花落处，满地和烟雨。　又是离歌，一阕长亭暮。王孙去，萋萋无数。南北东西路。

梅尧臣《苏幕遮》：露堤平，烟墅杳。乱碧萋萋，雨后江天晓。独有庾郎年最少。窣地春袍，嫩色宜相照。　接长亭，迷远道。堪怨王孙，不记归期早。落尽梨花春又了，满地残阳，翠色和烟老。

吴曾《能改斋漫录》卷十七曰：梅圣俞在欧阳公座，有以林逋《草词》“金谷年年，乱生青草谁为主”为美者，梅圣俞别为《苏幕遮》一阕云云，欧公击节赏之；又自为一词云云，盖《少年游》令也。不惟前二公所不及，虽置诸唐人温、李集中，殆与之为一矣。今集本不载此一篇，惜哉。

二三

人知和靖《点绛唇》、舜俞《苏幕遮》、永叔《少年游》三阕为咏春草绝调①，不知先有冯正中“细雨湿流光”五字，皆能摄春草之魂者也②。(53)

【校】：

①《国粹学报》本，“少年游”作“少年”，误。

② 手稿本，“冯正中”作“正中”。“摄”作“得”，乙去，改作“写”。

二四

《诗·蒹葭》一篇,最得风人深致。晏同叔之"昨夜西风凋碧树,独上高楼,望尽天涯路",意颇近之。但一洒落,一悲壮耳①。(1)

【校】:

①《二牖轩随录》选入此则。

二五

"我瞻四方,蹙蹙靡所骋",诗人之忧生也。"昨夜西风凋碧树,独上高楼,望尽天涯路"似之。"终日驰车走,不见所问津",诗人之忧世也。"百草千花寒食路,香车系在谁家树"似之①。(117)

【校】:

①《二牖轩随录》选入此则。

二六

古今之成大事业、大学问者,必经过三种之境界:"昨夜西风凋碧树,独上高楼,望尽天涯路",此第一境也。"衣带渐宽终不悔,为伊消得人憔悴",此第二境也。"众里寻他千百度,回头蓦见,那人正在灯火

《诗经·秦风·蒹葭》:蒹葭苍苍,白露为霜。所谓伊人,在水一方。遡洄从之,道阻且长。遡游从之,宛在水中央。蒹葭凄凄,白露未晞。所谓伊人,在水之湄。遡洄从之,道阻且跻。遡游从之,宛在水中坻。蒹葭采采,白露未已。所谓伊人,在水之涘。遡洄从之,道阻且右。遡游从之,宛在水中沚。

王国维《红楼梦评论》说:"美术之务,在描写人生之苦痛与其解脱之道,而使吾侪冯(凭)生之徒,于此桎梏之世界中,离此生活之欲之争斗,而得其暂时之平和,此一切美术之目的也。"王国维的诗词,就充满着对于人生问题的艺术思考,具有浓郁的忧患意识,如**《尘劳》**:"至今呵壁天无语,终古埋忧地不牢。"**《浣溪沙》**:"掩卷平生有百端,饱更忧患转冥顽。"**《虞美人》**:"人间孤愤最难平,消得几回潮落又潮生。"

王国维这里借用宋人词句来说明人生成就一切事业必须要经历三个阶段,既有中国传统思想中"渐修""顿悟"的思想根基,更是直接接受叔本华哲学的影响,而侧重于论天才与修养的关系,尤其强调后天修养的重要性。

王国维《文学小言》:"天

才，或数十年而一出，或数百年而一出，而又须济之以学问，帅之以德性，始能产真正之大文学。”

阑珊处”，此第三境也。此等语，皆非大词人不能道。然遽以此意解释诸词，恐晏、欧诸公所不许也①。(2)

【校】：

① 手稿本，“必经过”，作“罔不经过”。“第一境”“第二境”“第三境”，分别作“第一境界”“第二境界”“第三境界”。手稿本后二词分别注明“欧阳永叔”、“辛幼安”。《二牖轩随录》选入此则。首句作“成就一切事，罔不历三种境界”。“皆非”作“均非”；“解释”作“解”。

二七

欧阳修《玉楼春》：尊前拟把归期说，未语春容先惨咽。人间自是有情痴，此恨不关风与月。　离歌且莫翻新阕，一曲能教肠寸结。直须看尽洛城花，始共春风容易别。

永叔“人生自是有情痴，此恨不关风与月”，“直须看尽洛城花，始与东风容易别”①，于豪放之中有沉著之致，所以尤高。(115)

【校】：

①《国粹学报》本，“始与东风”作“始共东风”。

二八

吴世昌《词学论丛》：“以小山不足比淮海，静安非知小山者。”

祝南《无庵说词》：贺东山词，古艳绝伦，而笔力精健，气韵亦高，读之久，可以涤除俗秽，引动雄怀。王观堂《人间词话》谓“北宋名词，以方回为最次。”未为公论。

冯梦华《宋六十一家词选·序例》谓：“淮海、小山，古之伤心人也，其淡语皆有味，浅语皆有致。”余谓此唯淮海足以当之。小山矜贵有余，但可方驾子野、方回，未足抗衡淮海也①。(40)

【校】：

① 手稿本，“但可方驾子野、方回，未足抗衡淮海也”作“但稍胜方回耳。古人以秦七、黄九或小晏、秦郎并称，不图老子乃与韩非同传”。

二九

少游词境,最为凄惋,至"可堪孤馆闭春寒,杜鹃声里斜阳暮",则变而凄厉矣。东坡赏其后二语,犹为皮相①。(77)

【校】:

①《二牖轩随录》选入此则。"犹为皮相"作"尤为皮相"。手稿本,"凄惋"作"凄婉"。

释惠洪《冷斋夜话》:少游到郴州,作长短句云云。东坡绝爱其尾两句,自书于扇,曰:"少游已矣,虽万人何赎!"

苏轼《答李方叔》云:"某自恨不以一死塞罪,坐累朋友。少游又安所获罪于天?遂断弃其命!"**《答苏伯固》**云:"某全躯得还,非天幸而何?但益痛少游无穷已也!"

吴世昌《诗与语音》:"可堪孤馆"四字都是直硬的"k-"音,读一次喉头哽住一次,最后"馆"字刚口松一点,到"闭"字的"p-"又把声气给双唇堵住了一次,因为声气的哽苦难吐,读者的情绪自然给引得凄厉了。

三〇

"风雨如晦,鸡鸣不已","山峻高以蔽日兮,下幽晦以多雨。霰雪纷其无垠兮,云霏霏而承宇","树树皆秋色,山山唯落晖","可堪孤馆闭春寒,杜鹃声里斜阳暮",气象皆相似①。(109)

【校】:

①《二牖轩随录》选入此则。

三一

昭明太子称陶渊明诗"跌宕昭彰,独超众类;抑扬爽朗,莫之与京"。王无功称薛收赋"韵趣高奇,词义晦远,嵯峨萧瑟,真不可言"①。词中惜少此二种气

萧统《陶渊明集序》:其文章不群,辞彩精拔,跌宕昭彰,独超众类,抑扬爽朗,莫之与京。横素波而傍流,干青云而直上。语时事,则指而可想;论怀抱,则旷而且真。

象，前者唯东坡，后者唯白石，略得一二耳[2]。(61)

【校】：

① 王绩《王无功集》和宋人王应麟《困学纪闻》等，“词义晦元”，均作“词义旷远”，未见“词义晦远”者，疑王国维误。手稿本，“箫瑟”之“箫”作“萧”，王绩《王无功集》和宋人王应麟《困学纪闻》等，均作“萧”，宜据之改。

②《二牖轩随录》选入此则。“前者唯东坡”作“前者坡词近之”。

三二

词之雅、郑，在神不在貌。永叔、少游虽作艳语，终有品格。方之美成，便有淑女与倡伎之别[1]。(62)

【校】：

① 手稿本，“在神不在貌”原作“在神理不在骨相”，作者自行删改为“在神不在貌”。“淑女”，作“贵妇人”。

王绩(字无功)《答冯子华处士书》云：吾往见薛收《白牛溪赋》，韵趣高奇，词义旷远，嵯峨萧瑟，真不可言。壮哉邈乎！扬、班之俦也。高人姚义常语吾曰：“薛生此文，不可多得，登太行，俯沧海，高深极矣。”

王国维《红楼梦评论》：至美术中之与二者相反者，名之曰“眩惑”。夫优美与壮美，皆使吾人离生活之欲，而入纯粹之知识者。若美术中而有眩惑之原质乎，则又使吾人自纯粹之知识出，而复归于生活之欲。如粔籹蜜饵，《招魂》、《七发》之所陈；玉体横陈，周昉、仇英之所绘；《西厢记》之《酬柬》，《牡丹亭》之《惊梦》，伶元之传飞燕，杨慎之赝《秘辛》；徒讽一而劝百，欲止沸而益薪。所以子云有“靡靡”之诮，法秀有“绮语”之诃。虽则梦幻泡影，可作如是观，而拔舌地狱，专为斯人设者矣。故眩惑之于美，如甘之于辛，火之于水，不相并立者也。吾人欲以眩惑之快乐，医人世之苦痛，是尤欲航断港而至海，入幽谷而求明，岂徒无益，而又增之。则岂不以其不能使人忘生活之欲，及此欲与物之关系，而反鼓舞之也哉！眩惑之与优美及壮美相反对，其故实存于此。

三三

美成深远之致,不及欧、秦;唯言情体物,穷极工巧,故不失为第一流之作者。但恨创调之才多,创意之才少耳①。(8)

【校】:

①《二牖轩随录》选入此则。"美成"作"美成词"。手稿本同。

《四库全书总目·〈和清真词〉提要》云:"邦彦妙解声律,为词家之冠。所制诸调,不独音之平仄宜遵,即仄中上、去、入三音,亦不容相混。所谓分析节度,深契微芒,故千里和词,字字奉为标准。"

三四

词忌用替代字①。美成《解语花》之"桂华流瓦",境界极妙,惜以"桂华"二字代"月"耳。梦窗以下,则用代字更多。其所以然者,非意不足,则语不妙也。盖意足则不暇代,语妙则不必代。此少游之"小楼连苑","绣毂雕鞍"所以为东坡所讥也。(9)

【校】:

① 手稿本,"忌用"作"最忌用"。《二牖轩随录》选入此则。"忌用"亦作"最忌用"。

钟嵘《诗品序》:"至乎吟咏情性,亦何贵于用事?'思君如流水',既是即目;'高台多悲风',亦唯所见;'清晨登陇首',羌无故实;'明月照积雪',讵出经史?观古今胜语,多非补假,皆由直寻。"

《高斋词话》载:坡又问:"别作何词?"少游举"小楼连苑横空,下窥绣毂雕鞍骤"。东坡曰:"十三个字,只说得一个人骑马楼前过。"

诗词贵隐曲朦胧,忌直露径质。若直言说破,往往索然无味。若用替代字用得适当,就具有蕴藉含蓄之妙,特别是以具象可感、便于直观的字面代替抽象的字面,效果更佳。当然若用之不当,则便成哑谜,流于晦涩。完全否定这种借代的修辞手法,则非确论。

三五

沈伯时《乐府指迷》云:"说桃不可直说破'桃',须用'红雨'、'刘郎'等字;说柳不可直说破'柳',须用'章台'、'霸岸'等字。"若唯恐人不用代字者。果以是为工,则古今类书俱在,又安用词为耶?宜其为《提要》所讥也①。(10)

【校】:

① 手稿本，此则书于页眉，“直说破‘桃’”作“直说‘桃’”。“霸岸”作“灞岸”。“等字”作“等事”。“恐人不用代字者”作“恐人不用替代字者”。

三六

美成《青玉案》词:“叶上初阳干宿雨，水面清圆，一一风荷举。”此真能得荷之神理者。觉白石《念奴娇》、《惜红衣》二词犹有隔雾看花之恨[1]。(20)

周邦彦《苏幕遮》:燎沉香，消溽暑。鸟雀呼晴，侵晓窥檐语。叶上初阳干宿雨。水面清圆，一一风荷举。　故乡遥，何日去。家住吴门，久作长安旅。五月渔郎相忆否？小楫轻舟，梦入芙蓉浦。

【校】:

①《二牖轩随录》选入此则。案，“叶上初阳”数句，为周邦彦《苏幕遮》词句，王国维误为《青玉案》。手稿亦为《青玉案》。

三七

东坡《水龙吟·咏杨花》，和韵而似原唱；章质夫词，原唱而似和韵。才之不可强也如是[1]！(27)

苏轼《水龙吟》:似花还似非花，也无人惜从教坠。抛街傍路，思量却似，无情有思。萦损柔肠，困酣娇眼，欲开还闭。梦随风万里，寻郎去处。又还被莺呼起。　不恨此花飞尽，恨西园落红难缀。晓来雨过，遗踪何在？一池萍碎。春色三分，二分尘土，一分流水。细看来，不是杨花，点点是离人泪。

魏庆之《诗人玉屑》卷二十引晁冲之云:“东坡如毛嫱、西施，净洗脚面，与天下妇人斗好。质夫岂可比！”

【校】:

① 手稿本前二句作:“东坡杨花词和韵而似元唱。质夫词元唱而似和韵。”“元唱”二字原均为“首创”，作者自行删改。《国粹学报》本，二“原”字作“元”。

三八

咏物之词，自以东坡《水龙吟》为最工。邦卿《双双燕》次之。白石《暗香》、《疏影》，格调虽高，然无一语道著，视古人“江边一树垂垂发”等句何如耶①？（74）

【校】：

① 手稿本，“水龙吟”作“水龙吟咏杨花”；“一语”，作“片语”。手稿本在“格调虽高”后有数句，自行删去：“境界极浅，情味索然。乃古今均视为名作，不可解也。试读林君复、梅舜俞《春草》诸词，工拙何如耶？”又删去：“自玉田推为绝唱，后世遂无敢议之者，不可解也。”

史邦卿《双双燕》：过春社了，度帘幙中间，去年尘冷。差池欲住，试入旧巢相并。还相雕梁藻井，又软语商量不定。飘然快拂花梢，翠尾分开红影。

芳径。芹泥雨润。爱贴地争飞，竞夸轻俊。红楼归晚，看足柳昏花暝。应自栖香正稳。便忘了、天涯芳信。愁损翠黛双蛾，日日画栏独凭。

三九

白石写景之作，如“二十四桥仍在，波心荡、冷月无声”，“数峰清苦，商略黄昏雨”，“高树晚蝉，说西风消息”，虽格韵高绝，然如雾里看花，终隔一层。梅溪、梦窗诸家写景之病，皆在一“隔”字。北宋风流，渡江遂绝，抑真有运会存乎其间耶①？（75）

【校】：

① 手稿本，“终隔一层”之后，作“如清真流莹梅溪绮罗香咏春雨亦然，皆未得五代北宋人自然之妙，抑真有风会存乎其间耶”，作者自行删改作：“梅溪、梦窗诸家写景之病，皆在一‘隔’字。北宋风流，过江遂绝，抑真有风会存乎其间耶？”《二牖轩随录》选入此则。“诸家写景之病皆在”作“诸家写景之作，其病皆在”。“渡江”作“过江”。“运会”作“风会”。

姜夔《点绛唇·丁未冬过吴松作》：燕雁无心，太湖西畔随云去。数峰清苦，商略黄昏雨。　第四桥边，拟共天随住。今何许？凭阑怀古，残柳参差舞。

姜夔《惜红衣》：簟枕邀凉，琴书换日，睡余无力。细洒冰泉，并刀破甘碧。墙头唤酒，谁问讯城南诗客。岑寂，高树晚蝉，说西风消息。　虹梁水陌，鱼浪吹香，红衣半狼藉。维舟试望，故国渺天北。可惜柳边沙外，不共美人游历。问甚时同赋、三十六陂秋色。

唐圭璋《评〈人间词话〉》：白石天籁人力，两臻绝顶。所写景物，往往遗貌取神，体会入微。而王氏以“隔”少之，殊为皮相。

卢前《饮虹簃论清词百家》赞曰：人间世，“境界”义昭然。北宋清音成小令，不须引慢已能传。“隔”字最通圆。

钱钟书《论不隔》：好的文艺作品，按照“不隔”说，我们读着须像我们身所经、目所击着一样。我们在此地只注重身经目击，至于身所经、目所击的性质如何，跟“不隔”无关。此点万不可忽视；否则必起误解。譬如，有人说“不隔”说只能解释显的、一望而知的文艺，不能解释隐的、钩深致远的文艺，这便是误会了“不隔”。“不隔”不是一桩事物，不是一个境界，是一种状态(state)，一种透明洞彻的状态——“纯洁的空明”，譬之于光天化日；在这种状态之中，作者所写的事物和境界得以无遮隐地暴露在读者的眼前。作者艺术的高下，全看他有无本领来拨云雾而见青天，造就这个状态……隐和显的分别跟“不隔”没有关系。比喻、暗示、象征，甚而至于典故，都不妨用，只要有必须这种转弯方法来写到“不隔”的事物。

王国维《叔本华哲学及其教育学说》：美术之知识全为直观之知识，而无概念杂乎其间。……科学上之所表者，概念而已矣。美术之所表者，则非概念，又

四〇

问“隔”与“不隔”之别，曰：陶、谢之诗不隔，延年则稍隔矣；东坡之诗不隔，山谷则稍隔矣。“池塘生春草”，“空梁落燕泥”等二句，妙处唯在不隔。词亦如是。即以一人一词论，如欧阳公《少年游》咏春草上半阕云：“阑干十二独凭春，晴碧远连云，千里万里，二月三月，行色苦愁人。”语语都在目前，便是不隔。至云“谢家池上，江淹浦上”，则隔矣。白石《翠楼吟》：“此地宜有词仙，拥素云黄鹤，与君游戏。玉梯凝望久，叹芳草、萋萋千里。”便是不隔。至“酒祓清愁，花销英气”，则隔矣。然南宋词虽不隔处，比之前人，自有浅深厚薄之别①。(76)

【校】：

① 手稿本，“陶、谢之诗不隔，延年则稍隔矣”，作“渊明之诗不隔，韦柳则稍隔矣”。“江淹浦上”，作“江淹浦畔”。“比之前人”，作“较之前人”。页眉有：“以一人之词论，如白石《咏蟋蟀》，露湿铜铺，苔侵石井，都是曾听伊处，便不隔。”作者自行圈去。

四一

“生年不满百，常怀千岁忧。昼短苦夜长，何不秉

烛游”;“服食求神仙,多为药所误。不如饮美酒,被服纨与素”:写情如此,方为不隔。“采菊东篱下,悠然见南山。山气日夕佳,飞鸟相与还”;“天似穹庐,笼盖四野。天苍苍,野茫茫,风吹草低见牛羊”①。写景如此,方为不隔②。(79)

【校】:

① 手稿本,“天似穹庐,笼盖四野。天苍苍,野茫茫,风吹草低见牛羊”,原为“此中有真意,欲辨已忘言”,作者自行删改。

②《二牖轩随录》选入此则,与上一则合并。

四二

古今词人格调之高,无如白石。惜不于意境上用力,故觉无言外之味,弦外之响,终不能与于第一流之作者也①。(22)

【校】:

① 手稿本,“终不能与于第一流之作者也”作“终落第二手(按此五字作者加括弧)。其志清峻则有之,其旨遥深则未也”。

非个象,而以个象代表其物之一种之全体,即上所谓实念者是也,故在在得直观之。…… 直观之知识,乃最确实之知识,而概念者,仅为知识之记忆传达之用。…… 文字与语言,其究竟之宗旨,在使读者反与作者所得之具体的知识,苟无此宗旨,则其著述不足贵也。……唯诗歌(并戏剧小说言之)一道,虽藉概念之助以唤起吾人之直观,然其价值全存于其能直观与否。……诗歌之所写者,人生之实念,故吾人于诗歌中,可得人生完全之知识。

姜夔词格调之高,在王国维的美学理论体系中,应该属于“古雅”美,是源自于作家的“文学上之修养”而使其作品“带有一种典雅之性质”,古雅美是一种艺术美,存在于艺术之中,而不存在于自然,“得离优美宏壮而有独立之价值”,作家“于古雅之制作物中得其直接之慰藉”(参见王国维《古雅之在美学上之位置》)。

在王国维看来,姜夔词是源于主体艺术修养之高,故而能够做到格调高雅。然缺少真感情真景物,常常只是涵容着一种意绪,没有深切饱满的情感和主体精神贯穿其中,也就是说从词的“个象”描写中透视不出“人生的实相”,故而王国维说“不于意境上用力”。

周济《介存斋论词杂著》：北宋词多就景叙情，故珠圆玉润，四照玲珑。至稼轩、白石变而为即事叙景，使深者反浅，曲者反直。五十年来服膺白石而以稼轩为外道，由今思之，可谓瞽人扪钥也。稼轩郁勃，故情深；白石放旷，故情浅；稼轩纵横，故才大；白石局促，故才小。唯暗香、疏影二词，寄意题外，包蕴无穷，可与稼轩伯仲，余俱据事直书，不过手意近辣耳。

刘熙载《艺概·词曲概》："白石才子之词，稼轩豪杰之词；才子豪杰，各从其类爱之，强论得失，皆偏辞也。"

王国维批《词辨》："南宋只爱稼轩一人，而最恶梦窗、玉田。"

四三

南宋词人，白石有格而无情，剑南有气而乏韵，其堪与北宋人颉颃者，唯一幼安耳。近人祖南宋而祧北宋，以南宋之词可学，北宋不可学也。学南宋者，不祖白石，则祖梦窗，以白石、梦窗可学，幼安不可学也。学幼安者，率祖其粗犷滑稽，以其粗犷滑稽处可学，佳处不可学也。幼安之佳处，在有性情，有境界。即以气象论，亦有"横素波，干青云"之概。宁后世龌龊小生所可拟耶①？(11)

【校】：

① 手稿本，"幼安之佳处，在有性情，有境界。即以气象论，亦有'横素波，干青云'之概。宁后世龌龊小生所可拟耶？"数句作："同时白石、龙洲学幼安之作且如此，况他人乎？其实幼安词之佳者，如《摸鱼儿》、《贺新郎·送茂嘉》、《青玉案·元夕》、《祝英台近》等，俊伟幽咽，固独有千古，其他豪放之处，亦有'横素波，干青云'之概，宁梦窗辈龌龊小生所可语耶？"《二牖轩随录》选入此则。数句作："同时白石、龙洲学幼安之作且如此，况其他乎？其实幼安词之佳者，俊伟幽咽，独有千古，其他豪放之处，亦有'横素波，干青云'之概，岂梦窗辈龌龊小生所可语耶？"

胡寅《酒边词序》：及眉山苏氏，一洗绮罗香泽之态，摆脱绸缪宛转之度，使人登高望远，举首高歌，而逸怀浩气超然乎尘垢之外，于是《花间》为皂隶，而柳氏为舆台矣。

黄梨庄说："辛稼轩当弱宋末造，负管、乐之才，不能尽展其用，一腔忠愤，无处

四四

东坡之词旷，稼轩之词豪。无二人之胸襟而学其词，犹东施之效捧心也①。(113)

【校】：

① 手稿本，"无二人之胸襟而学其词，犹东施之

效捧心也”，原作“白石之旷在文字而不在胸襟”，作者自行删改。《二牖轩随录》选入此则。

四五

读东坡、稼轩词，须观其雅量高致，有伯夷、柳下惠之风。白石虽似蝉蜕尘埃，然终不免局促辕下[①]。(98)

【校】:

① 手稿本，“然终不免局促辕下”，原作“然如韦柳之视陶公，其高下固殊矣”，作者自行删改为“然如韦柳之视陶公，非徒有上下床之别”。

朴社本“白石虽似蝉蜕尘埃”句之“虽”，作“难”，误。据《国粹学报》本等径改。《二牖轩随录》选入此则。

四六

苏、辛词中之狂，白石犹不失为狷，若梦窗、梅溪、玉田、草窗、中麓辈，面目不同，同归于乡愿而已[①]。(99)

【校】:

① 手稿本，此则作：“东坡、稼轩，词中之狂；白石，词中之狷也。梦窗、玉田、西麓、草窗，则词之乡愿而已。”《二牖轩随录》选入此则。作：“东坡、稼轩，词中之狂，白石，词中之狷。若梅溪、梦窗、草窗、玉田、西麓、竹山之词，则乡愿而已。”“中麓”作“西麓”。南宋词人陈允平号“西麓”，故可从。

发泄。故其悲歌慷慨，抑郁无聊之气，一寄之于词。”(《词苑萃编》卷五引)

谢章铤《赌棋山庄词话》卷九说：“读苏、辛词，知词中有人，词中有品，不敢自为菲薄。”

王国维《二田画庼记》：“夫绘画之可贵者，非以其所绘之物也，以有‘我’焉以寄于物之中。……一人之画之高下，又视其一时之‘我’之高下。”

王国维《此君轩记》：“古人君子，其为道也盖不同，而其所以同者，则在超世之致，与不可屈之节而已。”

《论语·子路》：“子曰：不得中行而与之，必也狂狷乎！狂者进取，狷者有所不为也。”

《论语·阳货》：“子曰：乡原，德之贼也。”

王国维《乐庵写书图序》：且今之世，又不能与昔比，若华其黄，瞻乌靡止，世之号为才智者，皆颛颛焉为朝夕之计，苟可以博一晌之高名厚利者，虽祸其身，若其子孙，若天下后世，而无所顾藉。其谨愿者，则率为原伯之苟、赵孟之偷，其于身家之利害犹如此，况于身外之物、不急之务，其肯靡岁月、敝精神以为之也哉？

四七

稼轩《中秋饮酒达旦，用〈天问〉体作〈木兰花慢〉以送月》曰："可怜今夕月，向何处，去悠悠？是别有人间，那边才见，光景东头。"词人想象，直悟月轮绕地之理，与科学家密合，可谓神悟①。(59)

【校】：

① 手稿本，"中秋饮酒达旦，用〈天问〉体作〈木兰花慢〉以送月"，作"中秋饮酒达旦，用〈天问〉体作送月词调寄〈木兰花慢〉》"。"词人"，作"诗人"。"直悟"，初亦作"直悟"，作者自行改为"直说"。末后括弧中有数语曰："此词汲古阁刻《六十家词》失载，黄荛圃所藏元大德本亦阙，后属顾涧苹就汲古阁抄本中补之。今归聊城杨氏海源阁，王半塘四印斋所刻者是也。但汲古抄本与刻本不符，殊不可解。或子晋于刻词后始得抄本耳。"

辛弃疾这首词说，中秋月从西边沉下去，在另一个人间的东头又出现。王国维谓与近代科学家密合，实属牵强。这是近代国人较为普遍的思维方式，说什么中国传统的某种说法与西方科学暗合，如周桂笙说"《封神榜》之千里眼、顺风耳，即今之测远镜、电话机；《西游记》之哪吒风火轮，即今之自行车"(饮冰等《小说小话》)，等等，甚属无谓。王国维也未能免俗。

四八

周介存谓"梅溪词中喜用'偷'字，足以定其品格"。刘融斋谓"周旨荡而史意贪"。此二语令人解颐。(72)

皎然《诗式》提出偷语、偷意、偷势的"三偷"的说法，"偷语最为钝贼"，"其次偷意，事虽可罔，情不可原，若欲一例平反，诗教何设？""其次偷势，才巧意精，若无朕迹"。

赵执信《谈龙录》说："朱贪多，王爱好。"

"荡"字作为诗文理论术语，最著名的是梁简文帝萧纲所谓"立身先须谨重，文章且须放荡"(《诫当阳公大心书》)。

四九

介存谓"梦窗词之佳者，如水光云影，摇荡绿波，

吴文英《踏莎行》：润玉笼绡，檀樱倚扇。绣圈犹带脂香浅。榴心空迭舞裙红，艾枝应压愁鬟乱。

抚玩无极，追寻已远”。余览《梦窗甲乙丙丁稿》中，实无足当此者。有之，其“隔江人在雨声中，晚风菰叶生秋怨”二语乎[①]？(12)

午梦千山，窗阴一箭。香瘢新褪红丝腕。隔江人在雨声中，晚风菰叶生秋怨。

【校】：

① 手稿本，“介存”作“周介存”。“有之，其”，作“有之，其唯”。

五〇

梦窗之词，余得取其词中之一语以评之，曰：“映梦窗，零乱碧。”玉田之词，余得取其词中之一语以评之，曰：“玉老田荒。[①]”(14)

【校】：

① 手稿本，“梦窗之词，余得”作“梦窗之词，吾得”。第二个“余”字作“亦”。

五一

“明月照积雪”，“大江流日夜”，“中天悬明月”，“黄河落日圆”，此种境界，可谓千古壮观。求之于词，唯纳兰容若塞上之作，如《长相思》之“夜深千帐灯”、《如梦令》之“万帐穹庐人醉，星影摇摇欲坠”差近之[①]。(44)

纳兰性德《长相思》：山一程，水一程。身向榆关那畔行，夜深千帐灯。
风一更，雪一更。聒碎乡心梦不成，故园无此声。
纳兰性德《如梦令》：万帐穹庐人醉，星影摇摇欲坠。归梦隔狼河，又被河声搅碎。还睡，还睡。解道醒来无味。

【校】：

① 手稿本，“明月照积雪、大江流日夜、中天悬明月、黄河落日圆，此种境界，可谓千古壮观”，作“明月照积雪，大江流日夜，澄江净如练，山气日夕佳，落日照大旗，中天悬明月，大漠孤烟直，黄河落日圆，此种

境界，可谓千古壮语”。“唯纳兰”之“唯”，初为“唯”，又自行改为“则”。“容若”，初为“侍卫”，又自行改为“容若”。

纳兰性德：《花间》之词如古玉器，贵重而不适用。宋词适用而少贵重。李后主兼有其美，更饶烟水迷离之致。（谢章铤《赌棋山庄词话》卷七引）

陈其年说：“《饮水词》，哀感顽艳，得南唐二主之遗。”（冯金伯《词苑萃编》引）

五二

纳兰容若以自然之眼观物，以自然之舌言情。此由初入中原，未染汉人风气，故能真切如此。北宋以来，一人而已①。(123)

【校】：

① 手稿本，“自然之舌言情”作“自然之笔写情”。“北宋以来，一人而已”，无，而作“后此《冰蚕词》，便无余味（此九字又自行删去），同时朱、陈、王、顾诸家便有文胜则史之弊”。

词这种文学体制在唐末五代趋于兴盛，应该是多方面原因综合的结果。一、词作为新兴的诗体孕育于南北朝，产生于隋，成熟于中晚唐，有一个在民间孕育，由文人发展提升的过程。晚唐五代时，文人普遍爱好填词，本来已显示生机的诗体，在文人手中获得极大的提高、升华。二、晚唐五代从社会环境来说，是个特定的时代，城市商业经济的发展，市民阶层的扩大，上层贵族纵情声乐，文士生活的娱乐化，等等，都促使“词”这种适应城市文化消费形式的文体的兴盛。三、胡乐和华夏音乐相互吸收借鉴而形成的燕（宴）乐，隋唐以降

五三

陆放翁跋《花间集》，谓：“唐季五代，诗愈卑①，而倚声者辄简古可爱。能此不能彼，未可以理推也。”《提要》驳之，谓：“犹能举七十斤者，举百斤则蹶，举五十斤则运掉自如。”其言甚辨。然谓词必易于诗②，余未敢信。善乎陈卧子之言曰：“宋人不知诗而强作诗，故终宋之世无诗。然其欢愉愁苦之致，动于中而不能抑者，类发于诗余，故其所造独工。”五代词之所以独胜，亦以此也③。(93)

【校】：

① 朴社本、《国粹学报》本，“唐季五代”均作“唐宋五代”。手稿本作“唐季五代”。查陆游《跋花间集》亦作“唐季五代”，从之改。

② 手稿本,“然谓词必易于诗”作“然谓词格必卑于诗”。

③ 手稿本,“五代词之所以独胜,亦以此也”作“唐季五代之词独盛,亦由此也”。《国粹学报》本作“五代词之所以独胜,亦此也”。

五四

四言敝而有《楚辞》,《楚辞》敝而有五言,五言敝而有七言,古诗敝而有律绝,律绝敝而有词①。盖文体通行既久,染指遂多,自成习套。豪杰之士,亦难于其中自出新意,故遁而作他体,以自解脱。一切文体所以始盛终衰者,皆由于此。故谓文学后不如前,余未敢信②。但就一体论,则此说固无以易也。(124)

【校】:

① 手稿本,四个“敝而”,作“敝而后”,作者自行删去“后”字。

② 手稿本,“习套”作“陈套”。“故遁”,作“故往往遁”。“以自解脱”,作“以发表其思想感情”。“始盛终衰”,作“始盛中衰”。“后不如前”,作“今不如古”。朴社本,“始盛终衰”作“始盛中衰”,从手稿和《国粹学报》本改。

日益流行,词就是随燕乐而起的一种音乐与文学相结合的艺术形式。此外还有其他方面的原因,总之,不是“欢愉愁苦之致,动于中而不能抑”简单一句就可解释得了的。

顾炎武《日知录》:“《三百篇》之不能不降而《楚辞》,《楚辞》之不能不降而汉魏,汉魏之不能不降而六朝,六朝之不能不降而唐也,势也!用一代之体,则必似一代之文,而后为合格。诗文之所以代变,有不得不变者。一代之文,沿袭已久,不容人人皆道此语。今且千数百年矣,而犹取古人之陈言,一一而摹仿之,以是为诗,可乎?”(卷二十一)

胡适《词选自序》:“文学史上有一个逃不了的公式。文学的新方式都是出于民间的。久而久之,文人学士受了民间文学的影响,采用这种新体裁来做他们的文艺作品。……但文人把这种新体裁学到手之后,劣等的文人便来模仿;模仿的结果,往往学得了形式上的技术,而丢掉了创作的精神。天才堕落而为匠手,创作堕落而为机械。生气剥丧完了,只剩下一点小技巧,一堆烂书袋,一套烂调子!于是这种文学方式的命运便完结了,文学的生命又须另向民间去寻新方向发展了。”

五五

先著《词洁发凡》："苟情景融洽，则披文得貌，可探其蕴，亦不必一一有题。"
赵尊岳《珍重阁词话》："作词贵将笔提空。若泥题为之，无论如何，必板必滞。"

诗之《三百篇》、《十九首》，词之五代、北宋，皆无题也。非无题也，诗词中之意，不能以题尽之也。自《花庵》、《草堂》每调立题，并古人无题之词亦为之作题。如观一幅佳山水，而即曰此某山某河，可乎？诗有题而诗亡，词有题而词亡。然中材之士，鲜能知此而自振拔者矣①。(39)

【校】：

① 手稿本，"不能以题"作"不独能以题"。"如观一幅佳山水……可乎"，本作"其可笑孰甚"。手稿本有数句："诗词之题目，本为自然及人生。自古人误以为美刺投赠，题目既误，诗亦自不能佳，后人才不及古人，见古名大家亦有此等作，遂遗其独到之处，而专学此种，不复知诗之本意。于是，豪杰之士出，不得不变其体格，如《楚辞》、汉之五言诗、唐五代北宋之词皆是也。故此等文学皆无题。"作者自行勾乙。

五六

王国维《宋元戏曲史·元剧之文章》：然元剧最佳之处，不在其思想结构，而在其文章，其文章之妙，亦一言以蔽之，曰：有意境而已矣。何以谓之有意境？曰：写情则沁人心脾，写景则在人耳目，述事则如其口出是也。古诗词之佳者，无不如是。元曲亦然。

大家之作，其言情也必沁人心脾，其写景也必豁人耳目，其辞脱口而出，无矫揉妆束之态。以其所见者真，所知者深也。诗词皆然。持此以衡古今之作者，可无大误矣①。(7)

【校】：

① 手稿本，"妆束"作"装束"。"诗词皆然。持此以衡古今之作者，可无大误矣"数句，作"持此以衡古今之作者，百不失一。此余所以不免有北宋后无词之叹也"。

五七

人能于诗词中不为美刺、投赠之篇，不使隶事之句，不用粉饰之字，则于此道已过半矣①。(41)

【校】：

① 手稿本，“投赠”后有“怀古咏史”四字。“粉饰”作“装饰”。

王国维《论哲学家与美术家之天职》：呜呼！美术之无独立之价值也久矣！此无怪历代诗人多托于忠君爱国、劝善惩恶之意，以自解免，而纯粹美术上之著述，往往受世之迫害而无人为之昭雪者也。此亦我国哲学美术不发达之一原因也。

五八

以《长恨歌》之壮采，而所隶之事，只“小玉双成”四字，才有余也。梅村歌行，则非隶事不办①。白、吴优劣，即于此见。不独作诗为然，填词家亦不可不知也！(42)

【校】：

① 手稿本，“而所隶之事，只‘小玉双成’四字”，作“而不隶一事，所用者只小玉双成四代字”，作者自行删改。《国粹学报》本作“所隶之字”，误。“非隶事不办”，作“非隶事不能作”，作者自行改为“非隶事不可”。

刘熙载《艺概·词概》：“词中用事，贵无事障。”

王国维《致豹轩先生函》：“梅村则专以使事为工。然梅村自有雄气骏骨，遇白描处尤有深味，非如陈云伯辈，但以秀缛见长，有肉无骨也。”

五九

近体诗体制，以五、七言绝句为最尊，律诗次之，排律最下。盖此体于寄兴言情，两无所当，殆有韵之骈体文耳。词中小令如绝句，长调似律诗，若长调之《百字令》、《沁园春》等，则近于排律矣①。(54)

【校】：

① 手稿本，此则作：“诗中体制以五言古及五七言绝

田同之《西圃词说》引顾璟芳云：词之小令，犹诗之绝句，字句虽少，音节虽短，而风情神韵，正自悠长。作者须有一唱三叹之致，淡而艳，浅而深，近而远，方是胜场。

句为最尊，七古次之，五七律又次之，五言排律为最下。盖此体于寄兴言情（原作"写景言情"，作者自行删改）均不相适，殆与骈体文等耳。词中小令如五言古及绝句，长调（原作"中调"，作者自行删改）如五七律。若长调之《沁园春》等阕，则近于五排矣。"原有"长调之视小令，亦犹诗中七古之视五古及绝句也"，作者自行删去。

六〇

苏轼《送参寥师》："欲令诗语妙，无厌空且静。静故了群动，空故纳万境。阅世走人间，观身卧云岭。"
王国维《叔本华像赞》："天眼所观，万物一身。"

诗人对宇宙人生，须入乎其内，又须出乎其外。入乎其内，故能写之；出乎其外，故能观之。入乎其内，故有生气；出乎其外，故有高致①。美成能入而不能出，白石以降，于此二事皆未梦见。（116）

【校】：

① 手稿本，"宇宙人生"作"自然人生"。"故有生气"，作"生气勃然"，作者自行删改。"故有高致"，作"元著超超"，作者自行删改。

六一

杜牧《昌谷集序》："少加以理，奴仆命骚可也。"
王国维《此君轩记》论画竹："彼独有见于其原，而直以其胸中潇洒之致、劲直之气，一寄之于画，其所写者，即其所观；其所观者，即其所蓄者也。物我无间，而道艺为一，与天冥合，而不知其所以然。"

诗人必有轻视外物之意，故能以奴仆命风月①。又必有重视外物之意，故能与花鸟共忧乐。（119）

【校】：

① 手稿本，"故能以奴仆命风月"，原作"清风明月，役之如奴仆"，作者自行删改之，作"故能以奴仆命风月"。

六二

刘宗周《人谱类记》卷下：黄鲁直好作艳词。法僧昙师呵之，鲁直曰："空中语耳，不致堕马腹中。"师曰："君以艳词荡天下人心，罪

"昔为倡家女，今为荡子妇。荡子行不归，空床难

独守”；“何不策高足，先据要路津？无为久贫贱，轗轲长苦辛”：可谓淫鄙之尤。然无视为淫词、鄙词者，以其真也①。五代、北宋之大词人亦然，非无淫词，读之者但觉其亲切动人②；非无鄙词，但觉其精力弥满。可知淫词与鄙词之病，非淫与鄙之病，而游词之病也③。“岂不尔思，室是远而”。而子曰：“未之思也，夫何远之有？”恶其游也。(122)

【校】：

① 手稿本，“昔为倡家女，……以其真也”数句，单独为一则，置于“纳兰容若以自然之眼观物”之后。在此则前有一则曰：“金朗甫作《词选自序》，分词为淫词、鄙词、游词三种，词之弊尽是矣。五代北宋之词，其失也淫，辛刘之词，其失也鄙，姜张之词，其失也游。”作者自行删抹。

② 手稿本，“亲切动人”作“沈挚动人”。

③ 手稿本，“非淫与鄙之病，而游词之病也”，作“非淫与鄙之为病，而游词之为病也”。

六三

“枯藤老树昏鸦，小桥流水平沙，古道西风瘦马。夕阳西下，断肠人在天涯。”此元人马东篱《天净沙》小令也。寥寥数语，深得唐人绝句妙境。有元一代词家，皆不能办此也①。

【校】：

① 按，此则手稿无。《二牖轩随录》选入此则。

报何止入马腹，正恐堕泥犁耳！”黄闻悚然，自后绝笔不复作。

金应珪《词选后序》说：“规模物类，依托歌舞。哀乐不衷其性，虑叹无与乎情。连章累篇，义不出乎花鸟。感物指事，理不外乎应酬。虽既雅而不艳，斯有句而无章。是谓游词。”

谢章铤《赌棋山庄词话》卷四：作情语勿作绮语，绮语设为淫思，坏人心术。情语则热血所钟，缠绵悱恻，而即近知远，即微知著，其人一生大节，可于此得其端倪。……绮语淫，情语不淫也。况词本于房中乐，所谓燕乐者，子夜、读曲等体，固与高文典册有间矣。近者或矫枉过正，稍涉香奁，一概芟薙，号于众曰：“吾词极纯雅。”及受读之，则投赠肤词，咏物浮艳，缪辖满纸，何取乎尔！反不如靡靡者之尚有意绪可寻也。

这首小令是否为马致远所作，甚可怀疑。元刊本《乐府新声》录散曲一般署明作者，录马致远散曲均署名。又，录《天净沙》11首，其中第2首为“枯藤老树”曲，然这11首均无作者。元人盛如梓撰《庶斋老学丛谈》卷中下，只说：“北方士又传沙漠小词三阕。”未提作者姓名。明刊本《词林摘艳》多录马致远曲，然卷一录《天净沙·秋然文字有差异，作："词之元人，皆承南宋余绪，殆无足观。然曲中小令，却有绝妙者，如无名氏《天净沙》云：'枯藤老树昏鸦，小桥流水人家，古道西风瘦马。夕阳西下，断肠人在天涯。'此等语，非当时词家所能道也。"《宋元戏曲史》，"平沙"作"人间"，应是从《中原音韵》。

思》署"无名氏"；周德清《中原音韵》录此曲亦未署作者。唯晚明蒋一葵《尧山堂外记》卷六十八首先说："马东篱又有《天净沙·秋思》。"曲词和评语均来自《中原音韵》，唯增署作者为"马东篱"。朱彝尊《词综》目录署"无名氏"，正文里归入"马致远"名下；清《御定词谱》始归入"马致远"散曲。王国维在撰写《人间词话》时，可能是根据《词综》等。迨至撰《宋元戏曲史》时，已阅过周德清《中原音韵》等书，对其作者提出质疑："此词《庶斋老学丛谈》及元刊《乐府新声》均不著名氏，《尧山堂外纪》以为马致远撰，朱竹垞《词综》仍之，不知何据。"《宋元戏曲考》和《二牖轩随录》中的《人间词话选》，均又署为"无名氏"作。王国维后来依据的是《中原音韵》本。这是一种严谨审慎的治学态度。今人多贸然断定其为马致远作。

六四

白仁甫《秋夜梧桐雨》剧，沉雄悲壮，为元曲冠冕。然所作《天籁词》，粗浅之甚，不足为稼轩奴隶。创者易工，而因者难巧欤？抑人各有能有不能也？读者观欧、秦之诗远不如词，足透此中消息①。（81）

【校】：

① 手稿本此则作：白仁甫《秋夜梧桐雨》剧，奇思（本为"高情"）壮采，为元曲冠冕（"冠冕"本为"中第一等著作，不可多得也"）。然其词（本为《天籁词》）干枯质实，但有（本为"得"）稼轩之貌而神理索然（本为"步武稼轩，仅得形似，竹垞比之玉田。余谓其浅薄正与玉田等耳"。作者乙去。）曲家不能为词，犹词家之不能为诗然。读（本为"观"）永叔、少游诗，可悟。

为什么白朴杂剧堪称元曲冠冕而词作"粗浅之甚"呢？王国维用疑问的句式给出两种解释：

一是"创者易工，而因者难巧"，这与他的"始盛终衰"文学史观是一致的。二是"人各有能有不能"，即曹丕《典论·论文》所谓文各有体，"能之者偏也"的意思。这是文学史上普遍的法则。

卷下 《人间词话》未刊手稿

一

白石之词，余所最爱者，亦仅二语，曰："淮南皓月冷千山，冥冥归去无人管。"(13)

姜夔《踏莎行》(自沔东来，丁未元日至金陵，江上感梦而作)："燕燕轻盈，莺莺娇软，分明又向华胥见。夜长争得薄情知，春初早被相思染。　别后书辞，别时针线，离魂暗逐郎行远。淮南皓月冷千山，冥冥归去无人管。"

二

诗至唐中叶以后，殆为羔雁之具矣。故五代，北宋之诗，佳者绝少，而词则为其极盛时代。即诗词兼擅如永叔、少游者，亦词胜于诗远甚。以其写之于诗者，不若写之于词者之真也。至南宋以后，词亦为羔雁之具，而词亦替矣。此亦文学升降之一关键也。(17)

《礼记·曲礼》曰："饰羔、雁者以缋。"士大夫相见之礼。

三

曾纯甫中秋应制，作《壶中天慢》词，自注云："是夜，西兴亦闻天乐。"谓宫中乐声，闻于隔岸也。毛子晋谓："天神亦不以人废言。"近冯梦华复辨其诬。不解"天乐"二字文义，殊笑人也。(21)

此则辨"天乐"非天上之乐，乃皇宫之乐。周密《乾淳起居注》："八月十五日，太上皇晚宴香远堂，奏清乐，召小刘贵妃独吹白玉笙《霓裳中序》，是夜隔江西兴，闻天乐之声。"西兴，在杭州附近的萧山县，故南宋时可闻天乐。

四

贾谊《吊屈原赋》："斡弃周鼎，宝康瓠兮。"周鼎，周朝传国之宝。康瓠，瓦盆。

梅溪、梦窗、玉田、草窗、西麓诸家，词虽不同，然同失之肤浅。虽时代使然，亦其才分有限也。近人弃周鼎而宝康瓠，实难索解。(23)

五

与晋代兴，用春秋时晋文公重耳出奔多年，返晋即位称霸事。

余填词不喜作长调，尤不喜用人韵，偶尔游戏，作《水龙吟》咏杨花，用质夫、东坡唱和韵；作《齐天乐》咏蟋蟀，用白石韵，皆有与晋代兴之意。然余之所长殊不在是，世之君子宁以他词称我。(24)

六

沈纮，字昕伯，浙江桐乡人，早年与樊炳清、王国维等在罗振玉创办的东文学社随日本教师藤田丰八学习日语，是近代著名的翻译家。

余友沈昕伯(纮)自巴黎寄余《蝶恋花》一阕云："帘外东风随燕到。春色东来，循我来时道。一霎围场生绿草，归迟却怨春来早。　锦绣一城春水绕。庭院笙歌，行乐多年少。著意来开孤客抱，不知名字闲花鸟。"此词当在晏氏父子间，南宋人不能道也。(25)

七

王国维于填词很是自负。《三十自序》云："近日嗜好之移于文学，亦有由焉，则填词之成功是也。"

樊抗父，即樊炳清，字少泉；更名志厚，字抗父，浙江绍兴人。

樊抗父谓余词如《浣溪沙》之"天末同云"，《蝶恋花》之"昨夜梦中"、"百尺朱楼"、"春到临春"等阕，凿空而道，开词家未有之境。余自谓才不若古人，但于力争第一义处，古人亦不如我用意耳。(26)

八

叔本华曰:“抒情诗,少年之作也,叙事诗及戏曲,壮年之作也。”余谓:抒情诗,国民幼稚时代之作;叙事诗,国民盛壮时代之作也。故曲则古不如今(元曲诚多天籁,然其思想之陋劣,布置之粗笨,千篇一律,令人喷饭,至本朝之《桃花扇》、《长生殿》诸传奇,则进矣),词则今不如古。盖一则以布局为主,一则须伫兴而成故也。(28)

九

北宋名家以方回为最次。其词如历下、新城之诗,非不华赡,惜少真味[①]。(29)

【校】:

① 手稿本此则末尚有“至宋末诸家,仅可譬之腐烂制艺,乃诸家之享重名者且数百年。始知世之幸人,不独曹蜍、李志也。”置之于括号。

一〇

散文易学而难工,骈文难学而易工。近体诗易学而难工,古体诗难学而易工。小令易学而难工,长调难学而易工。(30)

一一

古诗云:“谁能思不歌?谁能饥不食?”诗词者,物之不得其平而鸣者也。故“欢愉之辞难工,愁苦之

王国维《静庵文集续编·自序二》:吾中国文学之最不振者,莫若戏曲。若元之杂剧,明之传奇,存于今日者尚以百数,其中之文字虽有佳者,然其理想及结构,虽欲不谓至幼稚,至拙劣,不可得也。国朝之作者,虽略有进步,然比诸西洋之名剧,相去尚不能以道里计。此余所以自忘其不敏而独有志乎是也。

王国维深不喜贺铸。孙望、常国武《宋代文学史》论贺铸云:“由于负奇才而无所遇,词人长期痛苦地挣扎在入世与出世的思想矛盾和斗争中。他一而再、再而三地流露出对污浊官场的厌恶,表示要归隐田园,效法陶渊明的躬耕,但又往往恋栈不去。”这大约是其词“少真味”的原因。

历下,李攀龙;新城,王士禛。

王国维论文学侧重于文学的抒情性特征,对于形式技法、音律格调相对来说较少重视,特别是他尚真情、尚自然的文学观排斥各种形式框套的束缚,故而有此论。

“饥者歌其食,劳者歌其事”;“发愤著书”、“不平则鸣”,是中国文学的精神传统,王国维《拚飞》云:“不有言愁诗句在,闲愁那得暂时消。”他重视文艺描写“人生的痛苦”,作者和读者都可以在美的文艺中获得“暂时的和平”。

言易巧"。(34)

一二

社会上之习惯,杀许多之善人。文学上之习惯,杀许多之天才。(38)

一三

词之为体,要眇宜修。能言诗之所不能言,而不能尽言诗之所能言。诗之境阔,词之言长。(43)

一四

言气质,言格律,言神韵,不如言境界。有境界,为本也。气质、格律、神韵,末也。有境界而三者随之矣。(45)

我国传统文艺中,明道、征圣、宗经是一种传统,同时也逼迫出"若无新变,不能代雄"(萧子显《齐书文学传论》);"独抒性灵,不拘格套"(袁宏道《叙小修诗》)的呼喊。王国维呼唤文学上的天才,唯这些"豪杰之士"才能挣脱一切思想和形式的枷锁。

"要眇宜修",源自《楚辞·湘君》"美要眇兮宜修"句,本是形容女子容质美丽又善于修饰,这里借来说明词宜温婉美丽,静如淑女。而诗歌则可以如关东大汉,气宇轩昂。

词不妨冶艳,诗涉靡艳则有悖"无邪"之旨;诗可以说大话,明义理,词若也如此装腔作势,则就像窈窕淑女大着嗓门,瓮声瓮气地说话。

王国维《清真先生遗事尚论三》说:"唯诗人能以此须臾之物,镌诸不朽之文字,使读者自得之。"境界的优美感和壮美感,是"心感之美",是心头的"须臾之物",转瞬之间便会消逝;而诗人则可以用恰当的意象形式将这种"须臾之物"表现出来,这就是"第二形式","气质"、"兴趣"、"神韵"都是关于"境界"的艺术表现的,而不是"境界"本身,所以是道其面目,唯"境界"才是探本之论。

一五

“西风吹渭水,落日满长安。”美成以之入词,白仁甫以之入曲,此借古人之境界为我之境界者也。然非自有境界,古人亦不为我用。(47)

贾岛《忆江上吴处士》:“闽国扬帆去,蟾蜍亏复圆。秋风吹渭水,落叶满长安。此夜聚会夕,当时雷雨寒。兰桡殊未返,消息海云端。”

一六

词家多以景寓情。其专作情语而绝妙者,如牛峤之“甘作一生拚,尽君今日欢”;顾夐之“换我心,为你心,始知相忆深”;欧阳修之“衣带渐宽终不悔,为伊消得人憔悴”;美成之“许多烦恼,只为当时,一饷留情”,此等词古今曾不多见。余《乙稿》中,颇于此方面有开拓之功。(51)

王国维《浣溪沙·掩卷平生》:掩卷平生有百端,饱更忧患转冥顽。偶听鹈鴂怨春残。　坐觉亡何销白日,更缘随例弄丹铅。闲愁无分况清欢。

这就是“专作情语而绝妙者”。此外像“人间孤愤最难平”(《虞美人·杜鹃千里》),“拼取一生肠断,消他几度回眸”(《清平乐·垂杨小院》)之类也是以“观我”为主的词作。

一七

长调自以周、柳、苏、辛为最工。美成《浪淘沙慢》二词,精壮顿挫,已开北曲之先声。若屯田之《八声甘州》,玉局之《水调歌头》(中秋寄子由),则伫兴之作,格高千古,不能以常词论也。(55)

辛弃疾《贺新郎》：绿树听鹈鴂。更那堪鹧鸪声住，杜鹃声切。啼到春归无寻处，苦恨芳菲都歇。算未抵人间离别。马上琵琶关塞黑，更长门翠辇辞金阙。看燕燕，送归妾。　将军百战身名烈。向河梁、回头万里，故人长绝。易水萧萧西风冷，满座衣冠似雪。正壮士悲歌未彻。啼鸟还知如许恨，料不啼清泪长啼血。谁共我，醉明月？

元杂剧用北方语音，没有入声字，平分阴阳，形成现在所谓的四声，格律比诗词要自由。宋词正如李清照《词论》所说，“歌词分五音，又分五声，又分六律，又分清浊轻重”，协律较为严格。

蒋春霖，字鹿潭，江苏江阴人。谭献《复堂日记》曰：“水云楼词，婉约深至，时造虚浑，要为第一流矣。”陈廷焯《白雨斋词话》谓“其深得南宋之妙，于诸家尤近乐笑翁(张炎)”。

项廷纪，字莲生，浙江钱塘人。谭献《箧中词》四曰：“莲生，古之伤心人也。荡气回肠，一波三折，有白石之幽涩而去其俗，有玉田之秀折而无其率，有梦窗之深细而化其滞，殆欲前无古人。”二人均学南宋，宜为王国维所不喜。

一八

稼轩《贺新郎》词送茂嘉十二弟，章法绝妙，且语语有境界，此能品而几于神者①。然非有意为之，故后人不能学也。(56)

【校】：

① 手稿本，“而几于神”四字，原来作“中之最上”，作者乙改之。

一九

稼轩《贺新郎》词：“柳暗凌波路，送春归，猛风暴雨，一番新绿。”又《定风波》词：“从此酒酣明月夜。耳热。”“绿”、“热”二字，皆作上去用，与韩玉《东浦词·贺新郎》以“玉”、“曲”叶“注”、“女”，《卜算子》以“夜”、“谢”叶“食”、“月”，已开北曲四声通押之祖。(58)

二〇

谭复堂《箧中词选》谓：“蒋鹿潭《水云楼词》与成容若、项莲生，二百年间，分鼎三足。”然《水云楼词》小令颇有境界，长调唯存气格，《忆云词》亦精实有余，超逸不足，皆不足与容若比①。然视皋文、止庵辈，则倜乎远矣。(60)

【校】：

① 手稿本在《忆云词》下有“虽谐婉有余，终鲜独到之处”，作者自行勾乙。

二一

贺黄公裳《皱水轩词筌》云："张玉田《乐府指迷》其调叶宫商，铺张藻绘，抑亦可矣，至于风流蕴藉之事，真属茫茫，如啖官厨饭者，不知牲牢之外别有甘鲜也。"①(63)

张炎论词尚雅正，重音律，曾说："词欲雅而正，志之所之，一为情所役，则失其雅正之音。"严"情、志之辨"，故而贺裳讥其"于风流蕴藉之事，真属茫茫"。

【校】：

① 手稿本此则末有"此语解颐"，作者勾乙去。

二二

周保绪济《词辨》云："玉田，近人所最尊奉，才情诣力，亦不后诸人，终觉积谷作米，把缆放船，无开阔手段。"又云："叔夏所以不及前人处，只在字句上著功夫，不肯换意。近人喜学玉田，亦为修饰字句易，换意难。"(64)

二三

词家时代之说，盛于国初。竹垞谓："词至北宋而大，至南宋而深。"后此词人，群奉其说。然其中亦非无具眼者。周保绪曰："南宋，下不犯北宋拙率之病，高不到北宋浑涵之诣。"又曰："北宋词多就景叙情，故珠圆玉润，四照玲珑。至稼轩、白石，一变而为即事叙景，使深者反浅，曲者反直。"潘四农(德舆)曰："词滥觞于唐，畅于五代，而意格之闳深曲挚，则莫盛于北宋。词之有北宋，犹诗之有盛唐。至南宋则稍衰矣。"刘融斋(熙载)曰："北宋词用密亦疏，用隐亦亮，用沉亦快，用细亦阔，用精亦浑。南宋只是掉转过来。"可知此事自有公论。虽止弇词颇浅薄，潘、刘尤甚，然其推尊北宋，则与明季云间诸公同一卓识。(65)

清初布衣孙默编纂时人词为《十五家词》，尚多是学五代北宋初期，殆朱彝尊出，始推尊南宋，尤尚姜夔。此后的清代词坛，一边倒地取法于南宋，清季依然如此。王国维逆时而动，一反众调，而尊尚五代北宋，严贬南宋。这里他引述潘德舆、刘熙载论为北宋词说的好话，未尝没有引为同调，壮大声势的用意。

二四

唐五代、北宋之词，所谓“生香真色”。若云间诸公词，则彩花耳。《湘真》且然，况其次也者乎①。(66)

【校】：

①手稿本，“唐五代、北宋之词，所谓‘生香真色’”，作“唐五代北宋词之所长，在‘生香真色’四字”，作者删而改之。

二五

《衍波词》之佳者，颇似贺方回。虽不及容若，要在锡鬯、其年之上。(67)

二六

近人词，如复堂词之深婉，彊村词之隐秀，皆在吾家半塘翁上。彊村学梦窗而情味较梦窗反胜，盖有临川、庐陵之高华，而济以白石之疏越者。学人之词，斯为极则。然古人自然神妙处，尚未梦见①。(68)

【校】：

①《二牖轩随录》选入此则。“复堂词”作“复堂”；“彊村词”作“彊村”。“皆”作“当”。“然”作“然于”。

“生香真色人难学”，本为张先《醉落魄》词语，王士禛引之论词，意近于李白所谓“清水出芙蓉，天然去雕饰”，是有生命的，自然活泼的。

《湘真》，即《湘真阁稿》，为晚明陈子龙词集。“明代无一人工词者。差强人意，不过一陈人中(陈子龙)而已。”(陈廷焯《白雨斋词话》卷一)陈子龙词学晚唐五代，尤学《花间》、温词，吴伟业、王士祯均得其余绪。所以，同样是尊晚唐五代北宋，与王国维之尊尚李煜、冯延巳、欧阳修、秦观还是有差异的。因此王国维对之评价不高。

陈廷焯《白雨斋词话》卷三：“渔洋词含蓄有味，但不能沉厚。”王士祯小令，以风韵胜，少沉郁顿挫之致，学《花间》，而感慨颇少。

谭献(复堂)、朱祖谋(彊村)和王鹏运(半塘)，均是晚清词人，从学南宋入手，而能不为南宋所限，因时代之衰亡，而多家国之感。其中以朱祖谋成就最高，叶恭绰《广箧中词》曰：“彊村翁词，集清季词学之大成，公论翕然，无待扬榷。”

清中期多“学人之诗”，晚清则多“学人之词”，张惠言、周济两为常州派巨子就被谭献品为“学人之词”，晚清词人多接近常州词派，学问渊博，寄托深沉。故王国维亦评之为“学人之词”。然尚不能与“词人之词”、“诗人之词”等量齐观。

二七

宋尚木《蝶恋花》:"新样罗衣浑弃却,犹寻旧日春衫著。"谭复堂《蝶恋花》:"连理枝头侬与汝,千花百草从渠许。"可谓寄兴深微①。(69)

【校】:

① 宋尚木,即宋征璧,尚木其字,明末清初松江华亭人,此处所引《蝶恋花》为其从弟宋征舆词,征舆字直方,"尚木"宜改为"直方"。《二牖轩随录》选入此则,作:"国朝人词,余最爱宋直方《蝶恋花》'新样罗衣浑弃却,犹寻旧日春衫著';及谭复堂《蝶恋花》'连理枝头侬与汝,千花百草从渠许',以为最得风人之旨。

宋徵舆《蝶恋花》:宝枕轻风秋梦薄,红敛双蛾,颠倒垂金雀。新样罗衣浑弃却,犹寻旧日春衫著。　偏是断肠花不落,人苦伤心,镜里颜非昨。曾误当初青女约,至今霜夜思量著。

谭献《蝶恋花》:帐里迷离香似雾,不烬炉灰,酒醒闻馀语。连理枝头侬与汝,千花百草从渠许。　莲子青青心独苦,一唱将离,日日风兼雨。豆蔻香残杨柳暮,当时人面无寻处。

二八

《半唐丁稿·和冯正中〈鹊踏枝〉》十阕,乃鹜翁词之最精者。"望远愁多休纵目"等阕,郁伊惝怳,令人不能为怀。《定稿》只存六阕,殊为未允也①。(70)

【校】:

①《二牖轩随录》选入此则。

王鹏运《和冯正中〈鹊踏枝〉词序》:"冯正中《鹊踏枝》十四阕,郁伊惝怳,义兼比兴,蒙耆诵焉。春日端居,依次属和,就均成词,无关寄托,而章句尤为凌杂。忆云生云:'不为无益之事,何以遣有涯之生?'三复前言,我怀如揭矣。时光绪丙申三月二十八日。"

二九

固哉,皋文之为词也!飞卿《菩萨蛮》、永叔《蝶恋花》、子瞻《卜算子》,皆兴到之作,有何命意?皆被皋文深文罗织。阮亭《花草蒙拾》谓:"坡公命宫磨蝎,生前为王珪、舒亶辈所苦,身后又硬受此差排。"由今观之,受差排者,独一坡公已耶?(71)

张惠言《词选》评温庭筠《菩萨蛮》:"此感士不遇也,篇法仿佛《长门赋》。'照花'四句,《离骚》初服之意。"评欧阳修《蝶恋花》:"庭院深深,闺中既以邃远也。楼高不见,哲王又不寤也。章台游冶,小人之径。雨横风狂,政令暴急也。乱红飞去,斥逐者非一人而已,殆为韩范作乎?"评苏轼《卜算子》:"此东坡在黄州作。鲖阳居士云:缺月,刺明微也。漏断,暗时也。幽人,不得志也。独往来,无助也。惊鸿,贤人不安也。回头,爱君不忘也。无人省,君不察也。拣尽寒枝不肯栖,不偷安于高位也。寂寞沙洲冷,非所安也。此词与《考槃》诗极相似。"

《史记·项羽本纪》:"项梁乃教籍兵法,籍大喜,略知其意,又不肯竟学。"

黄昇《中兴以来绝妙词选》卷七:"尧章(姜夔)极称其'柳昏花暝'之句。"

三〇

贺黄公谓:"姜论史词,不称其'软语商量',而称其'柳昏花暝',固知不免项羽学兵法之恨。"然"柳昏花暝"自是欧、秦辈以属。吾从白石,不能附和黄公矣。(73)

《朱子语类》卷 140:"'闭门觅句陈无已,对客挥毫秦少游',无已平时出行,觉有诗思,便急归,拥被卧而思之,呻吟如病者,或累日而后成,真是'闭门觅句'。"

陈正字,陈师道。

三一

"池塘春草谢家春,万古千秋五字新。传语闭门陈正字,可怜无补费精神。"此遗山《论诗绝句》也。梦窗、玉田辈,当不乐闻此语。(80)

三二

朱子《清邃阁论诗》谓:"古人有句,今人诗更无句,只是一直说将去,这般一日作百首也得。"余谓北宋之词有句,南宋以后便无句。如玉田、草窗之词,所谓"一日作百首也得"者也。(82)

朱熹欣赏的是"平淡中有意味"的诗,对于梅尧臣的诗歌,他觉得"无深远底意思",有遗憾之感。

三三

朱子谓:"梅圣俞诗不是平淡,乃是枯槁。"余谓

草窗、玉田之词亦然。(83)

三四

"自怜诗酒瘦,难应接,许多春色";"能几番游?看花又是明年"。此等语亦算警句耶?乃值如许费力!(84)

"自怜诗酒瘦"等句,出史达祖《喜迁莺》;"能几番游"二句,出张炎《高阳台·西湖春感》。

陆机《文赋》:"立片言以居要,乃一篇之警策。"

三五

文文山词,风骨甚高,亦有境界,远在圣与、叔夏、公谨诸公之上。亦如明初诚意伯词,非季迪、孟载诸人所敢望也[①]。(85)

【校】:

① 手稿本,"文文山词,风骨甚高,亦有境界,远在圣与、叔夏、公谨诸公之上"等句,作"明初如刘诚意词,风骨甚高,亦有境界,远在宋末诸公之上",作者自行删改之。

刘熙载《词概》:文文山词有风雨如晦、鸡鸣不已之意,不知者以为变声,其实乃变之正也。故词当合其人之境地以观之。

《乐府纪闻》论刘基:"其词虽婉丽而有感慨之句。"

三六

宋《李希声诗话》曰:"唐人作诗,正以风调高古为主,虽意远语疏,皆为佳作。后人有切近的当、气格凡下者,终使人可憎。"余谓北宋词亦不妨疏远,若梅溪以降,正所谓"切近的当、气格凡下"者也。(87)

词不妨"意远语疏",甚至无理而妙,若堆砌故实,寸步不离,字字黏着,则终不能兴象飞动,婉约灵妙。

南宋何士信编的《草堂诗余》,选词以北宋周邦彦、秦观、苏轼、柳永等为主,不录姜夔等南宋人词,它与《花间集》,成为元明人学词的范本。南宋周密编辑的《绝妙好词》,专收南宋词人作品。

朱彝尊《书绝妙好词后》云："词人之作，自《草堂诗余》盛行，屏去《激楚》、《阳阿》，而巴人之唱齐进矣。周公谨《绝妙好词》选本虽未全醇，然中多俊语，方诸《草堂》所录，雅俗殊分。"又，《乐府雅词跋》云："盖词以雅为尚，得是编，《草堂诗余》可废矣。"

沈雄，吴江人，师事钱谦益，词集曰《柳堂词》，另有《诗余笺体》、《古今词话》等。至于王国维所谓"《古今词话》宋时固有此书，岂雄窃此书而复益以近代事欤"的推断，似乎是难以成立的，沈雄《凡例》说得清楚："词话者，旧有《古今词话》一书，撰述名氏久已失传，又散见一二则于诸刻。兹仍旧名，而断自六朝，分为四种。"显然，尚不足以断定为"窃"。

三七

自竹垞痛贬《草堂诗余》而推《绝妙好词》，后人群附和之。不知《草堂》虽有亵诨之作，然佳词恒得十之六七，《绝妙好词》则除张、范、辛、刘诸家外，十之八九皆极无聊赖之词。甚矣，人之贵耳贱目者之多也！(90)

三八

《提要》载："《古今词话》六卷，国朝沈雄纂。雄字偶僧，吴江人。是编所述，上起于唐，下迄康熙中年。"然维见明嘉靖前合口本《笺注草堂诗余》，林外《洞仙歌》下引《古今词话》云："此词乃近时林外题于吴江垂虹亭。"(明刻《类编草堂诗余》亦同。)案升庵《词品》云："林外字岂尘，有《洞仙歌》，书于垂虹亭畔，作道装，不告姓名，饮醉而去。人疑为吕洞宾，传入宫中。孝宗笑云：'"云崖洞天无锁"，"锁"与"老"叶韵，则"锁"音扫，乃闽音也。'侦问之，果闽人林外也。"《齐东野语》所载亦略同。则《古今词话》宋时固有此书，岂雄窃此书而复益以近代事欤？又《季沧苇书目》载《古今词话》十卷，而沈雄所纂只六卷，益证其非一书矣。(92)

罗隐《炀帝陵》："入郭登桥出郭船，红楼日日柳年年。君王忍把平陈业，只换雷塘数亩田。"

唐彦谦《仲山》："千载遗迹寄薜萝，沛中乡里汉山河。长陵亦是闲丘垄，异日谁知与仲多？"

三九

"君王枉把平陈业，换得雷塘数亩田"。政治家之言也。"长陵亦是闲邱陇，异日谁知与仲多"？诗人之言也。政治家之眼域于一人一事，诗人之眼则通古今而观之。词人观物，须用诗人之眼，不可用政治家之眼，故感事、怀古等作，当与寿词同为词家所禁也。(94)

四〇

宋人小说，多不足信。如《雪舟脞语》谓：台州知府唐仲友，眷官伎严蕊奴，朱晦庵系治之。及晦庵移去，提刑岳霖行部至台，蕊乞自便。岳问曰："去将安归？"蕊赋《卜算子》词云"住也如何住"云云。案：此词系仲友戚高宣教作，使蕊歌以侑觞者，见朱子《纠唐仲友奏牍》。则《齐东野语》所纪朱唐公案，恐亦未可信也。(95)

《卜算子》原词曰：不是爱风尘，似被前缘误。花开花落自有时，总赖东君主。　去也终须去，住也如何住。若得山花插满头，莫问奴归处。

《花草粹编》和《历代诗余》都署严蕊作。王国维此条辨其作者应为高宣教。然朱、唐相控，不过是"秀才争闲气"，朱熹罗列高宣教的罪名非常琐碎，也难得其真。

四一

唐五代之词，有句而无篇。南宋名家之词，有篇而无句。有篇有句，唯李后主降宋后之作，及永叔、子瞻、少游、美成、稼轩数人而已。(96)

四二

唐五代、北宋之词家，倡优也；南宋后之词家，俗子也，二者其失相等。然词人之词，宁失之倡优，不失之俗子。以俗子之可厌，较倡优为甚故也。(97)

倡优之词，其失在"淫"，在"艳"，然不失伶工本色。俗子之词，其失在"游"，在"假"。面对不能"忠实"于自然，不能"忠实"于自我的俗子之词，王国维感慨："吾宁闻征夫思妇之声，而不屑使此等文学嚣然污吾耳也！"

四三

《蝶恋花·独倚危楼》一阕，见《六一词》，亦见《乐章集》。余谓：屯田轻薄子，只能道"奶奶兰心蕙性"耳。"衣带渐宽终不悔，为伊消得人憔悴"，此等语固非欧公不能道也。(100)

罗烨《醉翁谈录》说，柳永"居京华，暇日遍游妓馆。所至，妓者爱其词名，能移宫换羽，一经品题，声价十倍。妓者多以金物赠之"。在勾栏中厮混的柳永，虽然能够为受迫害的女子流下同情的泪水，但尚未臻至王国维所谓"真景物、真感情"的境界。

四四

读《会真记》者，恶张生之薄倖，而恕其奸非；读《水浒传》者，恕宋江之横暴，而责其深险。此人人之所同也。故艳词可作，唯万不可作儇薄语。龚定庵诗云："偶赋凌云偶倦飞，偶然闲慕遂初衣。偶逢锦瑟佳人问，便说寻春为汝归。"其人之凉薄无行，跃然纸墨间。余辈读耆卿、伯可词，亦有此感，视永叔、希文小词何如耶？(101)

儇薄者，轻浮也。轻浮，即无真情，无深情，故不足以言文学。龚自珍与清代才女顾太清之间的绯闻被传得隐隐约约，若有若无。然不管怎样，读龚自珍诗词，你可以斥其"无行"，但又不能不为其深情所感动。龚自珍之"尊情"，解脱传统礼教对于自然性情的束缚，在思想史上是值得大书一笔的。然而王国维论性情主张提升人的情感，所以对于龚自珍的情感放纵，是给予贬斥的。

四五

词人之忠实，不独对人事宜然，即对一草一木，亦须有忠实之意，否则所谓游词也。(102)

忠实，即"诚"。"修辞立其诚"，是祖先的古训。对人事需"诚"，"他人有心，予忖度之"(《诗经·巧言》)，不忠实，心灵无以沟通；对于一草一木，也须"忠实"，忠实，才能与花草共忧乐，才能触物兴感。

四六

读《花间》、《尊前》集，令人回想徐陵《玉台新咏》。读《草堂诗余》，令人回想韦縠《才调集》。读朱竹垞《词综》，张皋文、董子远《词选》，令人回想沈德潜《三朝诗别裁集》。(111)

明末清初词学，尊奉《花间》为词坛正格，以冶艳婉丽为尚。朱彝尊以降标举"清空雅正"。王国维将之比拟为袁枚之性灵与沈德潜之格调的关系，还是很恰当的。清代词学与诗学一样，各有其得，亦各有其偏。

四七

明季、国初诸老之论词，大似袁简斋之论诗，其失也，纤小而轻薄。竹垞以降之论词者，大似沈归愚，其失也，枯槁而庸陋。(112)

四八

东坡之旷在神，白石之旷在貌。白石如王衍，口不言阿堵物，而暗中为营三窟之计，此其所以可鄙也。(114)

《世说新语·规箴》："王夷甫雅尚玄远，常嫉其妇贪浊，口未尝言钱字。妇欲试之，令婢以钱绕床不得行。夷甫晨起，见钱阂行，呼婢曰：'举却阿堵物！'"

《晋书》本传载：王衍虽居宰辅之重，不以经国为念，而思自全之计。自营三窟以避患，"识者鄙之"。

王国维此处说姜夔"旷在貌"，也就是不忠实。

四九

"纷吾既有此内美兮，又重之以修能"。文学之事，于此二者不可缺一。然词乃抒情之作，故尤重内美。无内美而但有修能，则白石耳。(118)

内美，是人格的崇高，是情感的博大深邃。《观堂外集·苕华集又序》说，真正的大诗人，"又以人类感情为其一己之感情"。修能，是技巧，是法度，也不可废弃。

五〇

诗人视一切外物，皆游戏之材料也。然其游戏，则以热心为之。故诙谐与严重二性质，亦不可缺一也。(120)

王国维受到德国古典美学家康德、席勒的影响，视文艺为游戏的事业，突出文艺的自由创造性和超功力性。与一般游戏的随意性态度不同，文学需热心为之，全身心地真情投入。

附录一 《人间词话》删稿

一

《文镜秘府论》引刘滔说："重字之有关关，叠韵之有窈窕，双声之有参差，并兴于《风》诗矣。"然至六朝时，双声叠韵才逐渐成为文人自觉探讨的对象，成为音韵学的重要内容。刘勰《文心雕龙·声律》："双声隔字而每舛，叠韵离句而必睽。"

双声、叠韵之论，盛于六朝，唐人犹多用之。至宋以后，则渐不讲，并不知二者为何物。乾、嘉间，吾乡周松霭（春）先生著《杜诗双声叠韵谱括略》，正千余年之误，可谓有功文苑者矣。其言曰："两字同母谓之双声，两字同韵谓之叠韵。"余按，用今日各国文法通用之语表之，则两字同一子音者谓之双声。（如《南史·羊元保传》之"官家恨狭，更广八分"，"官、家、更、广"四字，皆从K得声。《洛阳伽蓝记》之"狞、奴、慢、骂"，"狞、奴"二字，皆从N得声。"慢、骂"两字，皆从M得声是也。）两字同一母音者，谓之叠韵。（如梁武帝之"后牖有朽柳"，"后牖有"三字，双声而兼叠韵。"有朽柳"三字，其母音皆为u。刘孝绰之"梁皇长康强"，"梁长强"三字，其母音皆为iang也。）自李淑《诗苑》伪造沈约之说，以双声叠韵为诗中八病之二，后世诗家多废而不讲，亦不复用之于词。余谓苟于词之荡漾处多用叠韵，促节处用双声，则其铿锵可诵，必有过于前人者。惜世之专讲音律者，尚未悟此也。（15）

二

昔人但知双声之不拘四声，不知叠韵亦不拘平、上、

去三声。凡字之同母者,虽平仄有殊,皆叠韵也。(16)

三

诗词之题目,本为自然及人生。自古人误以为美刺、投赠、咏史、怀古之用,题目既误,诗亦自不能佳。后人才不及古人,见古名大家亦有此等作,遂遗其独到之处而专学此种,不复知诗之本意。于是豪杰之士出,不得不变其体格,如楚辞,汉之五言诗,唐、五代、北宋之词皆是也。故此等文学皆无题。(39)

四

昔人论诗词,有景语、情语之别。不知一切景语,皆情语也。(49)

五

"岂不尔思,室是远尔。"孔子讥之。故知孔门而用词,则牛峤之"甘作一生拼,尽君今日欢"等作,必不在见删之数。(50)

牛峤《菩萨蛮》:玉楼冰簟鸳鸯锦,粉融香汗流山枕。帘外辘轳声,敛眉含笑惊。柳荫烟漠漠,低鬓蝉钗落。须作一生拼,尽君今日欢。

六

"莫雨潇潇郎不归",当是古词,未必即白傅所作,故白诗云"吴娘夜雨潇潇曲,自别苏州更不闻"也。(57)

"莫雨潇潇郎不归",为《长相思》词句,《绝妙词选》、《花庵词选》录此词于白居易名下,明人杨慎已辨其非白居易自作,而是杭州名妓吴二娘所作。王国维亦断其非白居易所作。

七

和凝《长命女》词:"天欲晓。宫漏穿花声缭绕,窗里星光少。冷霞寒侵帐额,残月光沈树杪。梦断锦闱

空悄悄，强起愁眉小。”此词前半，不减夏英公《喜迁莺》也。此词见《乐府雅词》，《历代诗余》选之。(86)

八

《提要》：“王明清《挥麈录》载，曾布所作《冯燕歌》，已成套数，与词律殊途。”毛西河《词语》谓：赵德麟令畤作《商调鼓子词》谱《西厢传奇》，为杂剧之祖。然《乐府雅词》卷首所载秦少游、晁补之、郑彦能（名仅）《调笑转踏》，首有致语，末有放队，每调之前有口号诗，甚似曲本体例。无名氏《九张机》亦然。至董颖《道宫薄媚》大曲咏西子事，凡十只曲，皆平仄通押，则竟是套曲。此可与《弦索西厢》同为曲家之荜路。曾氏置诸《雅词》卷首，所以别之于词也。颖字仲达，绍兴初人，从汪彦章、徐师川游，彦章为作《字说》，见《书录解题》。(88)

九

宋人遇令节、朝贺、宴会、落成等事，有致语一种，亦谓之参语，亦谓之念语。宋子京、欧阳永叔、苏子瞻、陈后山、文宋瑞集中皆有之。《啸余谱》列之于词曲之间。其式先教坊致语（四六文），次口号（诗），次勾合曲（四六文），次勾小儿队（四六文），次队名（诗二句），次问小儿、次小儿致语，次勾杂剧（皆四六文），次放队（或诗或四文六）。若有女弟子队，则勾女弟子队如前。其所歌之词曲与所演之剧，则自伶人定之。少游、补之之《调笑》乃并为之作词。元人杂剧乃以曲代之，曲中楔子、科白、上下场诗，犹是致语、口号、勾队、放队之遗也。此故程明善《啸余谱》所以列致语于词曲之间者也。(89)

一〇

明顾梧芳刻《尊前集》二卷，自为之引。并云：明嘉禾顾梧芳编次。毛子晋刻《词苑英华》疑为梧芳所辑。朱竹垞跋称：吴下得吴宽手钞本，取顾本勘之，靡有不同，因定为宋初人编辑。《提要》两存其说。按《古今词话》云："赵崇祚《花间集》载温飞卿《菩萨蛮》甚多，合之吕鹏《尊前集》不下二十阕。"今考顾刻所载飞卿《菩萨蛮》五首，除"咏泪"一首外，皆《花间》所有，知顾刻虽非自编，亦非复吕鹏所编之旧矣。《提要》又云："张炎《乐府指迷》虽云唐人有《尊前》《花间集》，然《乐府指迷》真出张炎与否，盖未可定。陈振孙《书录解题》'歌词类'以《花间集》为首，注曰：'此近世倚声填词之祖。'而无《尊前集》之名。不应张炎见之而陈振孙不见。"然《书录解题》"阳春录"条下引高邮崔公度语曰："《尊前》《花间》往往谬其姓氏。"公度元祐间人，《宋史》有传。则北宋固有此书，不过直斋未见耳。又案：黄昇《花庵词选》李白《清平乐》下注云："翰林应制。"又云"案：唐吕鹏《遏云集》载应制词四首，以后二首无清逸气韵，疑非太白所作"云云。今《尊前集》所载太白《清平乐》有五首，岂《尊前集》一名《遏云集》，而四首五首之不同，乃花庵所见之本略异欤？又，欧阳炯《花间集序》谓："明皇朝有李太白应制《清平乐》四首。"则唐宋时只有四首，岂末一首为梧芳所羼入，非吕鹏之旧欤？(91)

一一

《楚辞》之体，非屈子之所创也。《沧浪》、《凤兮》之歌，已与《三百篇》异，然至屈子而最工。五、七律

始于齐、梁，而盛于唐。词源于唐而大成于北宋。故最工之文学，非徒善创，亦且善因。(108)

一二

《沧浪》、《凤兮》二歌，已开《楚辞》体格。然《楚辞》之最工者，推屈原、宋玉，而后此之王褒、刘向之词不与焉。五古之最工者，实推阮嗣宗、左太冲、郭景纯、陶渊明，而前此曹、刘，后此陈子昂、李太白不与焉。词之最工者，实推后主、正中、永叔、少游、美成，而前此温、韦，后此姜、吴，皆不与焉。(110)

一三

金朗甫作《词选后序》，分词为"淫词""鄙词""游词"三种。词之弊尽是矣。五代北宋之词，其失也淫。辛、刘之词，其失也鄙。姜、张之词，其失也游。(121)

附录二 《人间词话》外辑稿

一

蕙风词小令似叔原，长调亦在清真、梅溪间，而沈痛过之。彊村虽富丽精工，犹逊其真挚也。天以百凶成就一词人，果何为哉！

况周颐晚年在上海，以遗老自居，生活艰难，"以文字给薪米，境啬弥甚"(《玉栖述雅》陈运彰跋)。1916年2月21日，王国维致罗振玉信，有云"夔笙恐须在此报中作文，又兼金石美术事，因……光境现复奇窘故也"。1917年10月28日，王国维致罗振玉信曾说："夔笙盖为人捉刀以易米者。"所谓"天以百凶以成就一词人"，既是发挥传统的"魑魅喜人过，文章憎命达"(杜甫《天末怀李白》)，也是晚清文坛上一批遗老的共同怀抱。

这两则，为况周颐《蕙风琴趣》王国维评语，赵万里辑。

二

蕙风《洞仙歌·秋日游某氏园》及《苏武慢·寒夜闻角》二阕，境似清真。集中他作，不能过之。

三

彊村词，余最赏其《浣溪沙》"独鸟冲波去意闲"二阕，笔力峭拔，非他词可能过之。

朱祖谋《浣溪沙》其一："独鸟冲波去意闲，瑰霞如赭水如笺。为谁无尽写江天。　并舫风弦弹月上，当窗山髻挽云还。独经行地未荒寒。"其二："翠阜红崖夹岸迎，阻风滋味暂时生。水窗官烛泪纵横。　　禅悦新耽如有会，酒悲突起总无名。长川孤月向谁明？”

这两则赵万里自《丙寅日记》所记观堂论学语中摘出。

四

蕙风《听歌》诸作，自以《满路花》为最佳。至《题香南雅集图》诸词，殊觉泛泛，无一言道着。

皇甫松《忆江南》其一：“兰烬落，屏上暗红蕉。闲梦江南梅熟日，夜船吹笛雨萧萧。人语驿边桥。”其二：“楼上寝，残月下帘旌。梦见秣陵惆怅事，桃花柳絮满江城。双髻坐吹笙。”

五

（皇甫松）词，黄叔旸称其《摘得新》二首，为有达观之见。余谓不若《忆江南》二阕，情味深长，在乐天、梦得上也。

《南史·颜延之传》：“延之尝问鲍照：己与谢灵运优劣？照曰：‘谢五言诗如初发芙蓉，自然可爱。君诗如铺锦列绣，亦雕缋满眼。’延年终身病之。”又**钟嵘《诗品》**卷中：“汤沐休曰：‘谢诗如芙蓉出水，颜如错采缕金。’颜终身病之。”

六

端己词情深语秀，虽规模不及后主、正中，要在飞卿之上。观昔人颜、谢优劣论可知矣。

毛文锡，字平珪，为五代前蜀翰林学士等官，《花间集》收其词31首。牛，指牛峤，字松卿，一字延峰，陇西（今属甘肃）人。历官晚唐与前蜀。《花间集》录其词32首。薛，指薛昭蕴，前蜀词人，《花间集》录其词19首。

七

（毛文锡）词比牛、薛诸人，殊为不及。叶梦得谓：“文锡词以质直为情致，殊不知流于率露。诸人评庸陋词者，必曰：此仿毛文锡之《赞成功》而不及者。”其言是也。

八

(魏承班)词,逊于薛昭蕴、牛峤,而高于毛文锡,然皆不如王衍。五代词以帝王为最工,岂不以无意于求工欤!

九

(顾)夐词在牛给事、毛司徒间。《浣溪沙·春色迷人》一阕,亦见《阳春录》。与《河传》、《诉衷情》数阕,当为琼最佳之作矣。

一〇

(毛熙震),周密《齐东野语》称其词新警而不为儇薄。余尤爱其《后庭花》,不独意胜,即以调论,亦有隽上清越之致,视文锡蔑如也。

一一

(阎选)词,唯《临江仙》第二首,有轩翥之意,余尚未足与于作者也。

魏承班,五代前蜀词人,官至太尉,《花间集》录其词15首。

王衍,前蜀后主,存诗词仅若干首。《旧五代史·僭伪列传》说他,"以佞臣韩昭等为狎客,杂以妇人,以恣荒宴,或自旦至暮,继之以烛"。

顾夐,前后蜀词人,官至太尉。《花间集》录其词55首。

顾夐《浣溪沙》:"春色迷人恨正赊,可堪荡子不还家。细风轻露着梨花。帘外有情双燕飏,槛前无力绿杨斜,小屏狂梦极天涯。"

《阳春录》,冯延巳词集。

毛熙震,蜀国词人,曾官秘书监,《花间集》录其词29首。

毛熙震《后庭花》三首选一:"越罗小袖新香蒨。薄笼金钏。倚栏无语摇金扇。半遮匀面。　春残日暖莺娇懒。满庭花片。争不教人长相见。画堂深院。"

阎选,五代后蜀处士,酷爱小词。

阎选《临江仙》:"十二高峰天外寒。竹梢轻拂仙坛。宝衣行雨在云端。画帘深殿,香雾冷风残。　欲问楚王何处去?翠屏犹掩金鸾。猿啼明月照空滩。孤舟行客,惊梦亦艰难。"

一二

昔沈文焘深赏(张)泌"绿杨花扑一溪烟"为晚唐名句。然其词如"露浓香泛小庭花",较前语似更幽艳。

一三

(孙光宪词),昔黄玉林赏其"一庭花雨湿春愁"为古今佳句。余以为不若"片帆烟际闪孤光",尤有境界也。

一四

欧公《蝶恋花》"面旋落花"云云,字字沈响,殊不可及。

一五

《片玉词》"良夜灯光簇如豆"一首,乃改山谷《忆

张泌,江南人,南唐内史舍人。

张泌《浣溪沙》:"独立寒阶望月华,露浓香泛小庭花。绣屏愁背一灯斜。　云雨自从分散后,人间无路到仙家。但凭魂梦访天涯。"

孙光宪,字孟文,自号"葆光子",陵州贵平(今四川仁寿)人。历官后唐和宋初。著有《荆台笔佣》等,《花间集》录其词61首。

孙光宪《浣溪沙》:"揽镜无言泪欲流,凝情半日懒梳头。一庭疏雨湿春愁。　杨柳只知伤怨别,杏花应信损娇羞。泪沾魂断轸离忧。"孙光宪《浣溪沙》:"蓼岸风多橘柚香,江边一望楚天长。片帆烟际闪孤光。　目送征鸿飞杳杳,思随流水去茫茫。兰红波碧忆潇湘。"

欧阳修《蝶恋花》:"面旋落花风荡漾。柳重烟深,雪絮飞来往。雨后轻寒犹未放,春愁酒病成惆怅。　枕畔屏山围碧浪。翠被华灯,夜夜空相向。寂寞起来褰绣幌,月明正在梨花上。"

陈乃乾录自观堂旧藏《六一词》眉间批语。

周邦彦《青玉案》:"良夜灯光簇如豆。占好事,今宵有。酒罢歌阑人散后。琵琶轻放,语声低颤,灭烛来相就。　玉体偎人情何厚。轻惜轻怜转唧溜。雨

帝京》词为之者，似屯田最下之作，非美成所宜有也。

散云收眉儿皱。只愁彰露，那人知后。把我来僝。”

黄庭坚《忆帝京》（私情）：“银烛生花如红豆。占好事，而今有。人醉曲屏深，借宝瑟轻招手。一阵白苹风，故灭烛教相就。
花带雨冰肌香透。恨啼乌辘轳声晓，岸柳微凉吹残酒。断肠时至今依旧。镜中消瘦。那人知后。怕夯你来僝僽。”

陈乃乾录自观堂旧藏《片玉词》眉间批语。

一六

温飞卿《菩萨蛮》：“雨后却斜阳，杏花零落香。”少游之“雨余芳草斜阳。杏花零落（当作‘乱’）燕泥香。”虽自此脱胎，而实有出蓝之妙。

温庭筠《菩萨蛮》：“南园满地堆轻絮，愁闻一霎清明雨。雨后却斜阳，杏花零落香。　　无言匀睡脸，枕上屏山掩。时节欲黄昏，无憀独倚门。”

秦观《画堂春》：“东风吹柳日初长。雨余芳草斜阳。杏花零落燕泥香。睡损红妆。　　宝篆烟消龙凤，画屏云锁潇湘。夜寒微透薄罗裳，无限思量。”

一七

白石尚有骨，玉田则一乞人耳。

一八

美成词多作态，故不是大家气象。若同叔、永叔虽不作态，而一笑百媚生矣。此天才与人力之别也。

一九

周介存谓“白石以诗法入词，门径浅狭，如孙过庭书，但便后人模仿”。予谓近人所以崇拜玉田，亦由于此。

二〇

予于词，五代喜李后主、冯正中而不喜《花间》。宋喜同叔、永叔、子瞻、少游而不喜美成。南宋只爱稼轩一人，而最恶梦窗、玉田。介存《词辨》所选词，颇多不当人意。而其论词则多独到之语。始知天下固有具眼人，非予一人之私见也。

以上陈乃乾录自观堂旧藏《词辨》眉间批语。

二一

（朱希真）《满路花·风情》，无限风情，令人玩索。

朱希真，朱敦儒（1081—1159），字希真，又称伊水老人、洛川先生，洛阳人。有词集《樵歌》。《满路花·风情》：“帘烘泪雨干，酒压愁城破，水壶防饮渴。培残火，朱消粉褪，绝胜新梳压。不是寒宵，短日上三竿。殢人，犹要同卧。　如今多病，寂寞章台左。黄昏风弄雪，门深锁。兰房密爱，万种思量过。也须知有我，著甚情悰，仰但忘了人呵。”一作周邦彦词。

二二

朱竹垞《蝶恋花·重游晋祠题壁》，其“天涯芳草”二句，自南宋后即不多见，无论近人。

此词不胜兴废盛衰之感，故而王国维称之。“天涯芳草”，宋词咏之者多。其中“年年汾水看归雁”句，唐玄宗时事。《明皇杂录》云：“禄山犯阙。议欲迁幸，帝置酒楼上，命作乐，有进《水调歌》者，曰：‘山川满目泪沾衣，富贵荣华能几时？不见只今汾水上，惟有年年秋雁飞。’上问谁为此曲？曰：‘李峤。’上曰：‘真才子。’不终饮而罢。”

罗振常录自观堂旧藏《箧中词》。

二三

项莲生词，在国朝自非皋文、止庵辈所能及，然尚不如容若、竹垞，况鹿潭以下耶？

皋文，张惠言。止庵，周济。鹿潭，蒋春霖。

罗振常录自观堂旧藏《箧中词》。

附录三　王国维论诗词汇辑

唐写本韦庄《秦妇吟》跋

此诗前后残阙，无篇题及撰人姓名，亦英伦博物馆所藏，狩野博士所录。案《北梦琐言》：蜀相韦庄应举时，遇黄寇犯阙，著《秦妇吟》一篇，云："内库烧为锦绣灰，天街踏尽公卿骨。"此诗中有此二语，则为韦庄《秦妇吟》审矣。《琐言》又云：尔后公卿颇多垂讶，庄乃讳之，时人号为"秦妇吟秀才"。他日撰《家诫》，内不许垂《秦妇吟》障子。以此止谤，亦无及也，云云。是庄贵后讳言此诗，故弟蔼编《浣花集》，不以入集，遂不传于世。然此诗当时制为障子，则风行一时可知。伯希和教授《巴黎国民图书馆敦煌书目》亦有《秦妇吟》，下署名"右补阙韦庄"。彼本有前题，殆较此为完善欤！（《观堂集林》卷二十一）

又　跋

余曩考日本狩野博士所录伦敦博物馆残本，据《北梦琐言》定为韦庄《秦妇吟》。后阅《巴黎国民图书馆敦煌书目》，有《秦妇吟》一卷，署"右补阙韦庄撰"，因移书伯希和教授，属为写寄。甲子正月，教授手录巴黎所藏天复五年张龟写本以至，复以伦敦别藏梁贞明五年安友盛写本校之。二本并首尾完具，凡千三百八十六字。其首云："中和癸卯春三月。"则此诗乃中和三年所作。其末云："适闻有客金陵至，见说江南风景异。"又云："愿君举棹东复东，咏此长歌献相公。"则此诗乃上江南某帅者。考是时，周宝以镇海军节度使同平章事镇润州，则相公盖谓周宝也。庄遇黄寇之乱，初居洛中，旋客江南，《浣花集》四有《江上逢史馆李学士》诗云："关河自此为征垒，城阙于今陷战鼙。”自注云：“时巢寇未平。”则中和三年三月，庄已由洛渡江。其后有《陪金陵府相中堂夜宴》诗、《观浙西府相畋游》诗，又有《官庄》诗，自注云：“江南富民，悉以犯酒没家产，因以此诗讽之，浙帅遂改酒法，不入财产。”是庄曾为周宝客。

此诗当即其初至江南贽宝之作矣。此时庄尚未第，其署“右补阙”者，乃庄在唐所终之官。考庄自巢乱后，自洛而吴、而越、而赣、而楚，至景福二年癸丑，始还京应举。其投寄旧知诗，所谓“万里有家留百越，十年无路到三秦”者也。是年下第，至次年乾宁改元，始成进士。其入蜀之岁，则弟蔼作《浣花集序》云：“庚申（光化三年）夏，以中谏□□□□。辛酉（天复元年）春，应聘为蜀奏记。”而《浣花集》十有《过樊川旧居》诗，自注云：“时在华州驾前，奉使入蜀作。”考昭宗以乾宁三年丙辰七月幸华州，至光化元年戊午八月始还京师，则庄奉使入蜀，当在丙、丁、戊三年中。而《唐书·隐逸·陆龟蒙传》云：“光化中，韦庄表龟蒙及孟郊等十人皆赠右补阙。”（《北梦琐言》记此事在光化元年。《容斋三笔》卷七谓在光化三年十二月）则庄使蜀后仍自还朝，至庚申乃复入蜀，辛酉始委质王氏。则庚申之中谏（唐人呼拾遗、补阙二官为中谏，见《北梦琐言》八），乃其在唐所终之官也。《琐言》载右补阙韦庄为陆龟蒙诔文，与此诗结衔，均以其在唐最后一官称之。而此诗书于天复五年，尤宜书此官也。甲子二月。（《观堂集林》卷二十一）

题敦煌所出唐人杂书绝句

劫后衣冠感慨深，新词字字动人心。贵家障子僧家壁，写遍韦郎《秦妇吟》。（自注，韦庄《秦妇吟》）（《观堂集林》卷二十四）

【编者注：《秦妇吟》是韦庄的一篇堪称“诗史”的长篇叙事诗。诗歌记述黄巢起义军攻陷京城时，被掳掠的“秦妇”脱身长安的亲历亲见，控诉起义军的残酷暴虐，洛阳官军的腐败凶残，深切同情乱世中的百姓，“家财既尽骨肉离，今日垂年一身苦。一身苦兮何足嗟，山中更有千万家。朝饥山草寻蓬子，夜宿霜中卧荻花”。】

唐写本《云谣集杂曲子》跋

此卷首题“云谣集杂曲子”,共三十首。其目为:《凤归云》四首,《天仙子》二首,《竹枝子》、《洞仙歌》、《破阵子》、《浣沙溪》、《柳青娘》、《倾杯乐》,则不著首数。其词为狩野博士录出者,《凤归云》二首、《天仙子》一首而已。案此八调名均见崔令钦《教坊记》所载曲名中。《唐书·宰相世系表》有国子司业崔令钦,为隋宏农太守宣度之五世孙,则其人当生玄、肃二宗时。《教坊记》记事讫于开元,亦足推其时代。则此八曲固开元教坊旧物矣。郭茂倩《乐府诗集》“近代曲辞”中有滕潜《凤归云》二首,皆七言绝句,此则为长短句。此犹唐人乐府见于各家文集、《乐府诗集》者多近体诗,而同调之见于《花间》、《尊前》者则多为长短句。盖诗家务尊其体,而乐家只倚其声,故不同也。《天仙子》,唐人皇甫松所作者不叠,此则有二叠;《凤归云》二首,句法与用韵各自不同,然大体相似。可见唐人词律之宽。《天仙子》词,特深峭隐秀,堪与飞卿、端已抗行,惜其余二十余篇不可见也。(癸亥冬,罗叔言参事寄巴黎写本,至存十八首,惟《倾杯乐》有目而佚其词。三十首中但佚十二首耳。)(《观堂集林》卷二十一)

敦煌发见唐朝之通俗诗及通俗小说

(《云谣集杂曲子》)又有《天仙子》一首云:“燕语莺啼三月半,烟蘸柳条金线乱。五陵原上有仙娥,携歌扇,香烂熳,留住九华云一片。　犀玉满头花满面,负妾一双偷泪眼。泪珠若得似真珠,拈不散,知何限。串向红丝应百万。”此一首,情词宛转深刻,不让温飞卿、韦端已,当是文人之笔。

题敦煌所出唐人杂书绝句

虚声乐府擅缤纷,妙悟新安迥出群。茂倩漫收双绝句,教坊原有《凤归云》。(自注:《云谣集杂曲子》)(《观堂集林》卷二十四)

唐写本《春秋后语·背记》跋

上虞罗氏藏唐写本《春秋后语》，有背记，凡八条，中有西番书一行，余汉字。七条皆以木笔书之，内有“咸通皇帝判官王文瑀”语，盖唐咸通间人所书。末有词三阕，前二阕不著调名，观其句法，知为《望江南》；后一阕则《菩萨蛮》也。案，段安节《乐府杂录》云：《望江南》，始自朱崖李太尉镇浙西，曰为亡伎谢秋娘所撰，本名《谢秋娘》，后改此名，亦曰《梦江南》。考德裕镇浙西在长庆四年，至太和三年入朝，凡六年。嗣是，白居易、刘禹锡、温庭筠、皇甫松并为此词，（白词名《忆江南》，见《长庆后集》卷三，乃太和八、九年间所作。刘词有“多谢洛城人”语，必居洛阳时作，殆与白词同时作。温、皇甫二词，则又在其后。）前则未闻。又《菩萨蛮》，据苏鹗《杜阳杂编》，亦以为宣宗大中初制。然世所传小说《炀帝海山记》，已有炀帝所作《望江南》八首，宋初所编《尊前集》及《李白古风集》（见《湘山野录》），均有白所作《菩萨蛮》词。《海山记》伪书，固不足信，白词世亦有疑之者。故唐宋说部所谓某调创于某时某人者，尤多附会。考崔令钦《教坊记》所载教坊曲名三百六十五，中有《望江南》、《菩萨蛮》二调。令钦时代虽不可考，然《唐书·宰相世系表》有国子司业崔令钦，乃隋恒农太守宣度之五世孙。唐高祖至玄宗五世，宣度与高祖同时，则其五世孙令钦当在玄、肃二宗之世。其书记事讫于开元，亦足略推其时代。据此，则《望江南》、《菩萨蛮》二词，开元教坊固已有之，惟《望江南》因赞皇首填此词，刘、白诸公相继而作；《菩萨蛮》则因宣宗所喜，宰相令狐绹曾令温庭筠撰，密进之。（见《唐诗纪事》）故《乐府杂录》与《杜阳杂编》遂以此二词之创作，傅之德裕与宣宗。语虽失实，然其风行实始于此。此背记书于咸通间，距太和末廿余年，距大中不过数年，已有此二调。虽别字声病满纸皆是，可见沙州一隅，自大中内属后，又颇接中原最新之文化也。至此背记中之与沙州时事相关者，已见于罗叔言参事所补《唐书·张义潮传》，兹不赘云。癸丑五月。（《观堂集林》卷二十一）

书《宋旧宫人诗词》、《湖山类稿》、《水云集》后

周密《浩然斋雅谈》载南宋王夫人所作《满江红》词及文文山、邓中甫和作，其词人人能道之，独不详夫人为何人。【编者注：王夫人《满江红》："太液芙蓉，浑不似、旧时颜色。曾记得，春风雨露，玉楼金阙。名播兰馨妃后里，晕潮莲脸君王侧。忽一声、鼙鼓揭天来，繁华歇。　龙虎散，风云灭。千古恨，凭谁说！对山河百二，泪盈襟血。客馆夜惊尘土梦，宫车晓碾关山月。问姮娥、于我肯从容，同圆缺？"文天祥和《满江红》："燕子楼中，又挨过、几番秋色？相思处，青春如梦，乘鸾仙阙。肌玉暗销衣带缓，泪珠斜透花钿侧。最无端、蕉影上窗纱，青灯歇。　曲池合，高台灭。人间事，何堪说！向南阳阡上，满襟清血。世态便如翻覆手，妾身元是分明月。笑乐昌，一段好风流，菱花缺。"邓光荐和《满江红》："王母仙桃，亲曾醉、九重春色。谁信道，鹿衔花去，浪翻鳌阙。眉锁姮娥山宛转，髻梳坠马云欹侧。恨风沙、吹透汉宫衣，余香歇。　霓裳散，庭花灭。昭阳燕，应难说。想春深铜雀，梦残啼血。空有琵琶传出塞，更无环佩鸣归月。又争知、有客夜悲歌，壶敲缺。"】案，世传《宋旧宫人诗词》一卷，云昭仪王清惠，字冲华。汪大有《水云集》及《湖山类稿》，多与昭仪酬唱之作。其人《宋史·后妃传》失载，惟《江万里传》云："帝在讲筵，每问经史疑义及古人姓名，贾似道不能对，万里从旁代对。时王夫人颇知书，帝常语夫人以为笑。"则夫人乃度宗嫔御。陈世崇《随隐漫录》云："会宁郡夫人昭仪王秋儿、顺安俞修容、新兴胡美人、资阳朱春儿、高安朱夏儿、南平朱端儿、东阳周冬儿(中略)，皆上所幸也。初，在东宫，以春夏秋冬四夫人直书阁为最亲，王能属文，为尤亲。虽鹤骨癯貌，但上即位后，批答画闻，式克钦承，皆出其手，然则王非以色事主，度皇亦悦德者也。"是夫人在度宗朝已主批答。及少帝嗣位，谢后临朝，老病不能视事，夫人与闻国政，亦可想见。故入元之后，无人待遇有加。《水云集·湖州歌》云："万里修途似梦中，天家赐予意无穷。昭仪别馆香云暖，手把诗书授国公。"礼遇之隆，亚于谢、全二后。厥后，全太后为尼，昭仪亦为女道士，亦以其与宋室至亲故也。

宋《旧宫人诗词》，乃王夫人以下十四人送汪水云南归，以"劝君更尽一杯酒，西出阳关无故人"十四字分韵赋诗，其实皆伪作也。水云《湖山

类稿》卷三有《女道士王昭仪仙游词》，在南归诸诗之前，则水云南归时，昭仪已死，不得作诗送之也。谢皋羽《续琴操序》谓水云之归，“旧宫人会者十八人，酾酒城隅，与之别”。人数亦不与《旧宫人诗词》合。且十四绝句，若出一手，疑元明间人据谢皋羽《续琴操序》有旧宫人送水云事而伪撰者也。

南宋帝后北狩后事，《宋史》不详，惟汪水云《湖山类稿》尚纪一二，足补史乘之阙。《元史·世祖纪》：“至元十九年十二月乙未，中书省臣言：‘平原郡公赵与芮、瀛国公赵㬎、翰林直学士赵与票，宜并居上都。’帝曰：‘与芮老矣，当留大都，余如所言。’继有旨，给瀛国公衣粮发遣，惟与票不行。”案：是时谢、全二太后尚留大都，时谢太后年已七十，若中书有北遣之议，则世祖于福王与芮，尚怜其老，不容于谢后无辞，盖不在遣中。全太后为尼正智寺，而终亦当在大都。惟据《湖山类稿》，则水云与王昭仪，实从少帝北行。《类稿》卷二有《出居庸关》一首、《长城外》一首、《寰州道中》一首、《李陵台》一首、《苏武洲毡房夜坐》一首、《居延》一首、《昭君墓》一首、《开平云雾》一首、《天山观雪王昭仪相邀割驼肉》一首、《草地》一首、《开平》一首、《草地寒甚毡帐中读杜诗》一首、《阴山观猎和赵待制回文》一首，皆塞外之作。中有《王昭仪相邀割驼肉》云云，是昭仪亦在遣中。时少帝年方十二岁，谢、全二后未行，昭仪自不能不往。观于香云别馆，手授诗书，则少帝教养之职，昭仪实任之。其从少帝北行，自不待言。又水云塞外诗中有《和赵待制回文》，此赵待制即赵与票。《元史·世祖纪》谓“惟与票不行”。“与票”当为“与芮”之讹。世祖怜与芮年老，而于与票无言，不应反遣与芮而留与票。且其官称翰林直学士，或称待制，皆入元后之官。元阎复撰《赵与票墓志铭》云：“至元十四年，公以驿来朝。自是入翰林为待诏，为直学士。”则待制、直学士，皆与票所历官。又《水云集》别有《酬方塘赵待制见赠》一首，末云“吾曹犹未化，烂醉且穹庐”，亦系塞外之作。合此数诗观之，则从上都者，实为与票，福王盖未尝行也。此为至元十九年事。至二十二年而谢太后殂，二十五年而少帝学佛法于吐番。惟全太后为尼，昭仪为女道士，与福王及昭仪之卒，其时皆无可考。要皆在水云南归之前，故均有诗在集中。至水云南归，则在至元二十五年，其《南归对客》诗所谓“北征十三载”是也。由是观之，不独《宋旧宫人诗词》为伪书，即瞿佑《归田诗话》所载少帝送水云南归诗，所谓“黄金台下客，底事不思家。归问林和靖，寒梅几度花”？一若少帝此时尚在大都者，可谓拙于作伪矣。

少帝入吐番后事，史无所言。惟元明间盛传元顺帝为宋少帝之子，至国朝全谢山先生犹主此说。初疑此语乃南宋遗民不忘故国者所为，后读释念常《佛祖通载》，乃知其不然。《通载》纪至治三年四月，赐瀛国公合尊死于河西。按，元人之待南宋，较遇金人为优。少帝入元，历世祖、成宗、武宗、仁宗、英宗五世，其降元之岁为至元十三年，年六岁。十九年徙上都，年十二岁，二十五年学佛法于吐番，年始十八，至至治三年赐死于河西，年五十三。而顺帝之生，近前于此三年。元人不忌之于在大都之时，而忌之于入吐番为僧之后，不忌之于少壮之时，而忌之于衰老之后，此事殆非人情。以事理推之，当由周王既取顺帝母子，藉他事杀之以灭口儿。又顺帝之母乃迈迪氏，生顺帝后，亦未几而殂，其中消息，可推而知。时周王以武宗嫡长失职居边，以顺帝之生有天子瑞，因取为己子，正如魏豹取薄姬故事，亦不足怪。瀛国公之祸正微示此事。实念常之书，谢山未见。他人亦从未引及，此事足为谢山诸人添一佐证，不独为宋室三百二十年之结局也。

汪水云以宋室小臣，国亡北徙，侍三宫于燕邸，从幼主于龙荒。其时大臣如留梦炎辈，当为愧死，后世多以完人目之。然中间亦为元官，且供奉翰林，其诗具在，不必讳也。《湖山类稿》二有《万安殿夜直》诗云：“金阙早朝天子圣，玉堂夜直月光寒。”《水云集》中有《送初庵傅学士归田里》一首云：“燕台同看雪花人，别后音书雁小传。紫阁笑谈为职长，彤闱朝谒在班前。”称严为职长，则汪亦曾为翰林院官。又有《南归后答徐雪江》一首云：“十载高居白玉堂，陈情一表乞还乡。孤云落日渡辽水，匹马西风上太行。行囊尚留官里俸，赐衣犹带御前香。只今对客难为说，千古中原话柄长。”所云“高居白玉堂”，亦指翰苑也。又《湖山类稿·北岳降香》以下二十五首，皆水云奉敕降香途中所作。案《元史·世祖纪》，每岁以正月遣使代祀岳渎后土。惟至元二十一年所纪独详，云“遣蒙古官及翰林官各一人，祀岳渎后土”。则代祀例遣翰林官，严为学士，即翰林官，水云或以属官同行。然观其诗意，不似属官之词。殆岁所遣二人皆出翰苑，水云与严同奉使欤？故其诗曰：“同君远使山头去，如朕亲行岳顶来。”则水云在元，颇为贵显，故得橐留官俸，衣带御香。即黄冠之请，亦非羁旅小臣所能。后世乃以宋遗民称之，与谢翱、方凤等同列，殊为失实。然水云本以琴师出入宫禁，乃倡优卜祝之流，与委质为臣者有别。其仕元，亦别有用意。与方、谢诸贤迹异心同，有宋近臣，一人而已。（《观堂集林》卷二十一）

【编者注：据《年谱》，此文作于1913年，即辛亥革命之后的第三年，王国维礼赞贱为琴师的汪水云“有宋近臣，一人而已”，实吐露了他自己忠于故国的情怀。】

《玉溪生诗年谱会笺》序

善哉，孟子之言诗也！曰：“说诗者，不以文害辞，不以辞害志，以意逆志，是为得之。”顾意逆在我，志在古人。果何修而能使我之所意不失古人之志乎？此其术孟子亦言之，曰：“诵其诗，读其书，不知其人可乎？是以论其世也。”是故由其世以知其人，由其人以逆其志，则古《诗》虽有不能解者，寡矣。汉人传《诗》，皆用此法，故四家《诗》皆有《序》。《序》者，序所以为作者之意也。《毛序》今存，《鲁诗》说之见于刘向所述者，于《诗》事尤为详尽。及北海郑君出，乃专用孟子之法以治《诗》。其于《诗》也，有《谱》，有《笺》。《谱》也者，所以论古人之世也；《笺》也者，所以逆古人之志也。故其书虽宗毛公，而亦兼采三家，则以论世所得者然也。又《毛诗序》以《小雅》《十月之交》、《雨无正》、《小旻》、《小宛》四篇为刺幽王作。郑君独据《国语》及《维候》以为刺厉王之诗，于谱于笺并加厘正。而后，王基、王肃、孙毓之徒申难相承。洎于近世，迄无定论。逮同治间，函皇父敦出于关中，而毛、郑是非乃决于百世之下。（《敦铭》云：“函皇父作周娟盘盉尊器敦鼎自豕鼎降十，又两罍两壶。周娟其万年，子子孙孙永宝用。周娟犹言周姜，即函皇父之女，归于周，而皇父为作媵器者。娟者其姓，而幽王之后则为姜为姒，均非娟姓。郑长于毛，即此可证。）信乎论世之不可以已也。故郑君序《诗谱》曰：“欲知源流清浊之所处，则循其上下而省之，欲知风化芳臭气泽之所及，则旁行而观之。”治古诗如是，治后世诗亦何独不然！

余读吾友张君孟劬《玉溪生年谱》而益信此法之不可易也。有唐一代，惟玉溪生诗，词旨最为微晦。遗山《论诗》已有“无人作郑笺”之叹，三百年来，治之者近十家，盖未尝不以论世为逆志之具。【编者注：元好问《论诗绝句三十首》之十二："望帝春心托杜鹃，佳人锦瑟怨华年。诗家总爱西昆好，独恨无人作郑笺。"】然唐自大中以后，史失其官；《武宗实录》亦亡于五季，故新、旧二《书》于会昌后事动多疏舛。后世注玉溪诗者仅求之于二《书》，宜其于玉溪之志多所扞格也。君独旁搜远绍，博采唐人文集、说部及金石文字，以正刘、宋二《书》之失。宋次道之《补亡》、吴廷珍之《纠谬》，君殆兼之而一寄于此《谱》。以古书例之，朱、冯诸君之书，齐、鲁、韩、毛之《序》也；君书则郑君之《谱》与《笺》也。其所考定者，因质诸古而无遗；其未及论定者，亦将得其证于百世之下。郑君说《小雅·十月之交》其已事也。君尝与余论浙东、西学派，谓浙东自梨洲、季野、谢山以讫实斋，其学多长于史；浙西自亭林、定宇，以及分流之皖、鲁诸派，其学多长于经。浙东博通，其失也疏；浙西专精，其失也固。君之学，固自浙西入而渐渍于浙东者，故曩为《史微》，以史法治经、子二学，四通六辟，多发前人所未发。及为此书，则又旁疏曲证，至纤至悉，而孰知其所用者仍先秦两汉治经之家法也。故述孟子、郑君之言，以序君书，意亦君之所首肯乎？丁巳六月。（《观堂集林》卷二十三）

此君轩记

竹之为物，草木中之有特操者与？群居而不倚，虚中而多节，可折而不可曲，凌寒暑而不渝其色。至于烟晨雨夕，枝梢空而叶成滴，含风弄月，形态百变。自渭川淇澳千亩之园，以至小庭幽榭三竿两竿，皆使人观之，其胸廓然而高、渊然而深、泠然而清。挹之而无穷，玩之而不可亵也。其超世之致与不可屈之节，与君子为近，是以君子取焉。

古之君子，其为道也盖不同；而其所以同者，则在超世之致与不可屈之节而已。其观物也，见夫类是者而乐焉；其创物也，达夫如是者而后慊焉。如屈子之于香草，渊明之于菊，王子猷之于竹，玩赏之不足而咏叹之，咏叹之不足而斯物遂若为斯人之所专有，是岂徒有托而然哉？其于此数者，必有以相契于意言之表也。善画竹者亦然，彼独有见于其原而直以其胸中潇洒之致、劲直之气一寄之于画。其所写者即其所观，其所观者即其所蓄者也。物我无间，而道艺为一，与天冥合而不知其所以然。故古之工画竹者，亦高致直节之士为多，如宋之文与可、苏子瞻，元之吴仲圭是已。观爱竹者之胸，可以知画竹者之胸；知画竹者之胸，则爱画竹者之胸亦可知也已。

日本川口国次郎君冲澹有识度，善绘事，尤爱墨竹，尝集元吴仲圭，明夏仲昭、文徵仲诸家画竹，为室以奉之，名之曰“此君轩”。【编者注：吴镇，字仲圭；夏昶，字仲昭；文徵明，字徵仲，均善画竹。又《世说新语·任诞》：“王子猷尝暂寄人空宅住，便令种竹。或问：‘暂住，何烦尔？’王啸咏良久，直指竹，曰：‘何可一日无此君！’”】其嗜之也至笃，而搜之也至专，非其志节意度符于古君子，亦安能有契于是哉？吾闻川口君之居在备后之国，三原之城，山海环抱，松竹之所丛生。君优游其间，远眺林木，近观图画，必有有味于余之言者。既属余为轩记，因书以质之，惜不获从君于其间，而日与仲圭、徵仲诸贤游，且与此君游也。壬子九月。（《观堂集林》卷二十三）

二田画庼记

日本备后三原城有好古之士三，曰川口国次郎，曰久野元吉，曰隅田吉卫。三君者，相得也，余皆得与之游。川口君之所居有此君轩，久野君有墨妙亭，余皆记之矣。既而隅田君以书来，曰：“余有二田画庼者，以沈石田、恽南田之画名焉。【编者注：沈周，号石田；恽寿平，号南田。】君于二君之居既有文，请为我记之。”则应之曰“诺”。夫绘画之可贵者，非以其所绘之物也，必有我焉以寄于物之中，故自其外而观之，则山水云树竹石花草，无往而非物也；自其内而观之，则子久也、仲圭也、元镇也、叔明也，吾见之于墙而闻其謦欬矣。【编者注：黄公望，字子久；吴镇，字仲圭；倪瓒，字符镇；王蒙，字叔明。】且子久不能为仲圭，仲圭不能为元镇，元镇、叔明不能为子久、仲圭，则以子久之我，非仲圭之我，而仲圭、元镇、叔明三人者，亦各自有其我故也。画之高下，视其我之高下，一人之画之高下，又视其一时之我之高下。隅田君之于画其知此也。夫二田之画至不相类也：石田之苍古、南田之秀润，皆其所谓“我”而不能相为者也。石田之画荟蔚沉厚，得气之夏，其所写者，虽小草拳石，而有土厚水深之势；南田之画融和骀荡，得气之春，其所写者虽枯木断流，而皆有苏生旁出之意，此其不能相为者也。其于书也亦然。石田之书瘦硬，如黄山谷；南田之书秀媚，如褚登善。而二田之书又非登善、山谷之书也，彼各有所谓“我”者在也。不然，如石田者生全盛之世，康宁好德，俯仰无怍，以老寿终，宜其和平简易，无奇伟之观。南田幼遭国变，至为僮仆，为浮屠，虽返初服，而枯槁以终，上有雍端之亲，下有敬通之妇，宜其忧伤憔悴，无乐生之意，而其发于书画者如此，岂非所谓“真我”者得之于天，不以境遇易欤？二田之画，绝不相类，而君乃合而珍弆之。是必有见于其“我”之高且大者，而不以其迹也，故书以谂君，并质之川口、久野二君，以为何如也！壬子十月。（《观堂集林》卷二十三）

咏史五首之五（癸丑）

少读陶杜诗，往往说饥寒。自来夸毗子，【编者注：夸毗，出《诗经·大雅·板》“天之方懠，无为夸毗”。朱熹注：夸，大也；毗，附也。小人之于人，不以大言夸之，则以谀言毗之。】焉知生事艰。子云美笔札，遨游五侯间。【编者注：汉扬雄事。】孔璋檄豫州，矢在袁氏弦。魏台一朝建，书记又翩翩。【编者注：汉末陈琳事。】文章诚无用，用亦未为贤。青春弄鹦鹉，素秋踪鹰鹯。咄咄扬子云，今为人所怜。（《观堂集林》卷二十四）

题蘉斋少保《独立苍茫自咏诗》图卷二首之二

许身稷契庸非拙，到眼开天感不胜。【编者注：杜甫《自京赴奉先县咏怀五百字》：“杜陵有布衣，老大意转拙。许身一何愚，窃比稷与契。”】惟有司勋知此意，竭来原上望昭陵。【编者注：杜牧《将赴吴兴登乐游原一绝》：清时有味是无能，闲爱孤云静爱僧。欲把一麾江海去，乐游原上望昭陵。】（《观堂集林》卷二十四）

题贡王朵颜卫景卷

玉溪诗得少陵魂，向晚高歌武帝孙。解道英灵殊未已，不须惆怅近黄昏。【编者注：李商隐《乐游原》：“向晚意不适，驱车登古原。夕阳无限

好，只是近黄昏。”乐游原，汉宣帝乐游庙，故曰“武帝孙”。】(《观堂集林》卷二十四)

王周士词跋

《王周士词》一卷，宋王以凝撰。以凝字周士，湘潭人，由太学生仕鼎澧帅幕。靖康初，征天下兵，以凝走鼎州，乞解太原围。建炎中，以宣抚司参谋制置襄邓。是编依毛晋汲古阁旧抄过录，凡三十一首。以凝词句法精壮，如《和虞彦恭寄钱逊·升蓦山溪》一阕、《重午登霞楼·满庭芳》一阕、《舣舟洪江步下·浣溪沙》一阕，绝无南宋浮艳虚薄之习，其他作亦多类是也。(《观堂别集》卷三)

曲录自序(节选)

粤自“贸丝”“抱布”，开叙事之端；【编者注：《诗经·卫风·氓》：“氓之蚩蚩，抱布贸丝。”】“织素”“裁衣”，【编者注：《古诗为焦仲卿妻作》：“十三能织素，十四学裁衣。”】肇代言之体。追原戏曲之作，实亦古诗之流，所以穷品性之纤微，极遭遇之变化，激荡物态，抉发人心，舒轸哀乐之余，摹写声容之末，婉转附物，惆怅切情，虽《雅》《颂》之博徒，亦滑稽之魁杰。惟语取易解，不以鄙俗为嫌；事贵翻空，不以谬悠为讳。庸人乐于染指，壮夫薄而不为，遂使陋巷言怀，人人青紫；香闺寄怨，字字桑间。抗志极于利禄，美谈止于兰芍。意匠同于千手，性格歧于一人。岂托体之不尊，抑作者之自弃也。然而明昌一编，尽金源之文献；吴兴《百种》，抗皇元之风雅，【编者注：明吴兴人臧懋循辑《元曲选》，又称《元人百种曲》。】百年之风会成焉，三朝之人文系焉。况乎第其卷帙，轶两宋之诗余，论其体裁，开有明之制义。考古者征其事，论世者观其心，游艺者玩其辞，知音者辨其律，此则石渠存目，不废《雍熙》；【编者注：《雍熙乐府》入《四库全书总目·词曲类存目》。】洙泗删《诗》，犹存郑、卫者矣。【编者注：传说孔子删诗三千余篇为《诗三百》。】(《观堂别集》卷四)

宋元戏曲考自序

凡一代有一代之文学：楚之骚、汉之赋、六代之骈语、唐之诗、宋之词、元之曲，皆所谓一代之文学，而后世莫能继焉者也。独元人之曲，为时既近，托体稍卑，故两朝史志与《四库》集部，均不著于录。后世儒硕，皆鄙弃不复道。而为此学者，大率不学之徒。即有一二学子，以余力及此，亦未有能观其会通，窥其奥窔者。遂使一代文献，郁堙沉晦者且数百年，愚甚惑焉。往者读元人杂剧而善之，以为能道人情，状物态，词采俊拔，而出乎自然，盖古所未有而后人所不能仿佛也。辄思究其渊源，明其变化之迹，以为非求诸唐、宋、辽、金之文学，弗能得也。乃成《曲录》六卷、《戏曲考原》一卷、《宋大曲考》一卷、《优语录》二卷、《古剧脚色考》一卷、《曲调源流表》一卷。从事既久，续有所得，颇觉昔人之说，与自己之书，罅漏日多，而手所疏记，与心所领会者，亦日有增益。壬子岁末，旅居多暇，乃以三月之力，写为此书。凡诸材料，皆余所搜集；其所说明，亦大抵余之所创获也。世之为此学者自余始，其所贡于此学者亦以此书为多，非吾辈才力过于古人，实以古人未尝为此学故也。写定有日，辄记其缘起，其有匡正补益，则俟诸异日云。(《观堂别集》卷四)

【编者注：顾炎武《日知录》卷二十一："《三百篇》之不能不降而《楚辞》，《楚辞》之不能不降而汉魏，汉魏之不能不降而六朝，六朝之不能不降而唐也，势也！"焦循云："一代有一代之所胜。"就一种文体来说，因时势之"降"而不断新变；就不同时代来说，各有其因运而生、因运而盛的文体。】

庚辛之间读书记(选录)

《桂翁词》六卷(后题作《玉堂余兴》)、《鸥园新曲》一卷，明刊本，不题作者姓名，实贵溪夏文愍公言所作乐府也。……有明一代乐府道衰，《写情》、《扣舷》尚有宋元遗响；仁、宣以后，兹事几绝，独文愍以魁硕之才起而振之，豪壮典丽，与于湖、剑南为近。方其得路，入正郊庙，出扈禁跸，一词朝传，万口暮诵。同时名公，皆摹拟其体格；门生故吏，争相传刻。虽居势使然，抑其风采文采自有以发之者欤？

【编者注：《写情集》，明初刘基词集。《扣舷集》，明初高启词集。夏文愍公，明人夏言，“文愍”其谥。钱谦益云：“夏公谨喜为长短句，当其得君专政，声势煊赫，长篇小令，草稿未削，已流布都下，互相传唱。殁后未百年，黯然无闻。《花间》、《草堂》之集，无有及桂洲氏名者。求如前代所谓‘曲子相公’，亦不可得，可一慨也。”（王弈清《历代词话》卷十引）】

浣 溪 沙

夜永衾寒梦不成，当轩减尽半天星。带霜宫阙日初升。　　客里欢娱和睡减，年来哀乐与词增。更缘何物遣孤灯。（《苕华词》）

叔本华之哲学及其教育学说(选录)

而美术之知识全为直观之知识，而无概念杂乎其间，故叔氏之视美术也，尤重于科学。盖科学之源，虽存于直观，而既成一科学以后，则必有整然之系统，必就天下之物分其不相类者，而合其相类者，以排列之于一概念之下，而此概念复与相类之他概念排列于更广之他概念之下。故科学上之所表者，概念而已矣。美术上之所表者，则非概念，又非个象，而以个象代表其物之一种之全体，即上所谓实念者是也，故在在得直观之。如建筑、雕刻、图画、音乐等，皆呈于吾人之耳目者。唯诗歌（并戏剧、小说言之）一道，虽藉概念之助以唤起吾人之直观，然其价值全存于其能直观与否。诗之所以多用比兴者，其源全由于此也。由是，叔氏于教育上甚蔑视历史，谓历史之对象，非概念，非实念，而但个象也。诗歌之所写者，人生之实念，故吾人于诗歌中，可得人生完全之知识。故诗歌之所写者，人及其动作而已，而历史之所述，非此人即彼人，非此动作即彼动作，其数虽巧历不能计也。然此等事实，不过同一生活之欲之发现，故吾人欲知人生之为何物，则读诗歌贤于历史远矣。然叔氏虽轻视历史，亦视历史有一种之价值。盖国民之有历史，犹个人之有理性，个人有理性，而能有过去、未来之知识，故与动物之但知现在者异。国民有历史，而有自己之过去之知识，故与蛮民之但知及身之事实者异。故历史者，可视为人类之合理的意识。而其于人类也，如理性之于个人，而人类由之以成一全体者也。历史之价值，唯存于此，此叔氏就历史上之意见也。（《静安文集》）

叔本华与尼采

十九世纪中，德意志之哲学界有二大伟人焉，曰叔本华(Schopenhauer)，曰尼采(Nietzsche)。二人者，以旷世之文才，鼓吹其学说也同；其说之风靡一世，而毁誉各半也同；就其学说言之，则其以意志为人性之根本也同。然一则以意志之灭绝为其伦理学上之理想；一则反是。一则由意志同一之假说，而唱绝对之博爱主义；一则唱绝对之个人主义。夫尼采之学说，本自叔本华出，曷为而其终乃反对若是？岂尼采之背师固若是其甚欤？抑叔本华之学说中自有以启之者欤？自吾人观之，尼采之学说全本于叔氏。其第一期之说，即美术时代之说，其全负于叔氏，固可勿论。第二期之说，亦不过发挥叔氏之直观主义。其末期之说，虽若与叔氏相反对，然要之不外以叔氏之美学上之天才论，应用于伦理学而已。兹比较二人之说，好学之君子以览观焉。

叔本华由锐利之直观与深邃之研究，而证吾人之本质为意志，而其伦理学上之理想，则又在意志之寂灭。然意志之寂灭之可能与否，一不可解之疑问也。（其批评见《红楼梦评论》第四章）尼采亦以意志为人之本质，而独疑叔氏伦理学之寂灭说，谓欲寂灭此意志者，亦一意志也。于是由叔氏之伦理学出而趋于其反对之方向，又幸而于叔氏之伦理学上所不满足者，于其美学中发见其可模仿之点，即其天才论与知力的贵族主义，实可为超人说之标本者也。要之，尼采之说，乃彻头彻尾发展其美学上之见解，而应用之于伦理学，犹赫尔德曼之无意识哲学，发展其伦理学之见解者也。

叔氏谓吾人之知识，无不从充足理由之原则者，独美术之知识不然。其言曰：

> 一切科学，无不从充足理由原则之某形式者。科学之题目，但现象耳，现象之变化及关系耳。今有一物焉，超乎一切变化关系之外，而为现象之内容，无以名之，名之曰“实念”。问此实念之知识为何？

曰:"美术是已。"夫美术者,实以静观中所得之实念,寓诸一物焉而再现之。由其所寓之物之区别,而或谓之雕刻,或谓之绘画,或谓之诗歌、音乐,然其惟一之渊源,则存于实念之知识,而又以传播此知识为其惟一之目的也。一切科学,皆从充足理由之形式。当其得一结论之理由也,此理由又不可无他物以为之理由,他理由亦然。譬诸混混长流,永无渟潴之日。譬诸旅行者,数周地球,而曾不得见天之有涯、地之有角。美术则不然,固无往而不得其息肩之所也。彼由理由结论之长流中,拾其静观之对象而使之孤立于吾前,而此特别之对象,其在科学中也,则藐然全体之一部分耳。而在美术中,则遽而代表其物之种族之全体。空闲时间之形式对此而失其效,关系之法则至此而穷于用,故此时之对象,非个物而但其实念也。吾人于是得下美术之定义曰:美术者,离充足理由之原则,而观物之道也。此正与由此原则观物者相反对。后者如地平线,前者如垂直线;后者之延长虽无限,而前者得于某点割之;后者合理之方法也,惟应用于生活及科学;前者天才之方法也,惟应用于美术;后者雅里大德勒之方法,前者柏拉图之方法也。后者如终风暴雨,震撼万物,而无始终,无目的;前者如朝日漏于阴云之罅,金光直射,而不为风雨所摇;后者如瀑布之水,瞬息变易,而不舍昼夜,前者如涧畔之虹,立于豁鞑澎湃之中,而不改其色彩。(英译《意志及观念之世界》第一百三十八页至百四十页)

夫充足理由之原则,吾人知力最普遍之形式也。而天才之观美也,乃不沾沾于此。此说虽本于希尔列尔(Schiller)之游戏冲动说,然其为叔氏美学上重要之思想,无可疑也。尼采乃推之于实践上,而以道德律之于超人,与充足理由原则之于天才一也。由叔本华之说,则充足理由之原则非徒无益于天才,其所以为天才者,正在离之而观物耳。由尼采之说,则道德律非徒无益于超人,超道德而行动,超人之特质也。由叔本华之说,最大之知识,在超绝知识之法则;则尼采之说,最大之道德,在超绝道德之法则。天才存于知之无所限制,而超人存于意之无所限制。而限制吾人之知力者,充足理由之原则;限制吾人之意志者,道德律也。于是尼采由知之无限制说,转而唱意之无限制说。其《察拉图斯德拉》第一篇中之首章,述灵魂三变之说曰:

察拉图斯德拉说法于五色牛之村曰：吾为汝等说灵魂之三变：灵魂如何而变为骆驼，又由骆驼而变为狮，由狮而变为赤子乎？于此有重荷焉，强力之骆驼负之而趋，重之又重以至于无可增，彼固以此为荣且乐也。此重物何？此最重之物何？此非使彼卑弱而污其高严之衮冕者乎？此非使彼炫其愚而匿其知者乎？此非使彼拾知识之橡栗而冻饿以殉真理者乎？此非使彼离亲爱之慈母而与聋瞽为侣者乎？世有真理之水，使彼入水而友蛙龟者，非此乎？使彼爱敌而与狞恶之神握手者，非此乎？凡此数者，灵魂苟视其力之所能及，无不负也。如骆驼之行于沙漠，视其力之所能及，无不负也。既而风高日黯，沙飞石走，昔日柔顺之骆驼，变为猛恶之狮子，尽弃其荷，而自为沙漠主，索其敌之大龙而战之。于是昔日之主，今日之敌；昔日之神，今日之魔也。此龙何名？谓之"汝宜"。狮子何名？谓之"我欲"。邦人兄弟，汝等必为狮子，毋为骆驼，岂汝等任载之日尚短，而负担尚未重欤？汝等其破坏旧价值（道德）而创作新价值，狮子乎？言乎破坏则足矣，言乎创作则未也。然使人有创作之自由者，非彼之力欤？汝等胡不为狮子？邦人兄弟，狮子之变为赤子也何故？狮子之所不能为，而赤子能之者何？赤子若狂也，若忘也，万事之源泉也，游戏之状态也，自转之轮也，第一之运动也，神圣之自尊也。邦人兄弟，灵魂之为骆驼，骆驼之变而为狮，狮之变而为赤子，余既诏汝矣。（英译《察拉图斯德拉》二十五至二十八页）

其赤子之说，又使吾人回想叔本华之天才论曰：

天才者不失其赤子之心者也。盖人生至七年后，知识之机关即脑之质与量已达完全之域，而生殖之机关尚未发达，故赤子能感也，能思也，能教也。其爱知识也，较成人为深，而其受知识也，亦视成人为易。一言以蔽之曰：彼之知力盛于意志而已。即彼之知力之作用，远过于意志之所需要而已。故自某方面观之，凡赤子皆天才也。又凡天才自某点观之，皆赤子也。昔海尔台尔（Herder）谓格代（Goethe）曰"巨孩"。音乐大家穆差德（Mozart）亦终生不脱孩气，休利希台额路尔谓彼曰："彼于音乐，幼而惊其长老，然于一切他事，则壮而常有童心者也。"（英译《意志及观念之世界》第三册六十一页至六十三页）

至尼采之说超人与众生之别，君主道德与奴隶道德之别，读者未有不惊其与叔氏伦理学上之平等博爱主义相反对者。然叔氏于其伦理学及形而上学所视为同一意志之发现者，于知识及美学上，则分之为种种之阶级，故古今之崇拜天才者，殆未有如叔氏之甚者也。彼于其大著述第一书之补遗中说知力上之贵族主义曰：

知力之拙者，常也；其优者，变也；天才者，神之示现也。不然？则宁有以八百兆之人民，经六千年之岁月，而所待于后人之发明思索者，尚如斯其众耶！夫大智者，固天之所吝，天之所吝，人之幸也。何则？小智于极狭之范围内，测极简之关系，比大智之瞑想宇宙人生者，其事逸而且易。昆虫之在树也，其视盈尺以内，较吾人为精密，而不能见人于五步之外。故通常之知力，仅足以维持实际之生活耳。而对实际之生活，则通常之知力，固亦已胜任而愉快。若以天才处之，是犹用天文镜以观优，非徒无益，而又蔽之。故由知力上言之，人类真贵族的也，阶级的也。此知力之阶级，较贵贱贫富之阶级为尤著。其相似者，则民万而始有诸侯一，民兆而始有天子一，民京垓而始有天才一耳。故有天才者，往往不胜孤寂之感。白衣龙（Byron）于其《唐旦之预言诗》中咏之曰：

"To feel me in the solitude of kings Without the power that make them bear a crown."

予岑寂而无友兮，羌独处乎帝之庭。冠玉冕之崔巍兮，夫固跼蹐而不能胜。（略译其大旨）此之谓也。（同前书第二册三百四十二页）

此知力的贵族与平民之区别外，更进而立大人与小人之区别曰：

一切俗子因其知力为意志所束缚，故但适于一身之目的。由此目的出，于是有俗滥之画，冷淡之诗，阿世媚俗之哲学。何则？彼等自己之价值，但存于其一身一家之福祉，而不存于真理故也。惟知力之最高者，其真正之价值，不存于实际，而存于理论，不存于主观，而存于客观，耑耑焉力索宇宙之真理而再现之。于是彼之价值，超乎个人之外，与人类自然之性质异。如彼者，果非自然的欤？宁超自然的也。而其人之所以大，亦即存乎此。故图画也，诗歌也，思索也，在彼则为目的，而在他人则为手段也。彼牺牲其一生之福祉，以殉其客观上之目的，虽欲少改焉而不能。何则？彼之真正之价值，实在此而不在彼故也。他人反是，故众人皆小，彼独大也。（前书，第三册第一百四十九页至一百五十页）

叔氏之崇拜天才也如是，由是对一切非天才而加以种种之恶谥：曰“俗子”（Philistine）、曰“庸夫”（Populase）、曰“庶民”（Mob）、曰“舆台”（Rabble）、曰“合死者”（Mortal）。尼采则更进而谓之曰“众生”（Herd）、曰“众庶”（Far-too-many）。其所以异者，惟叔本华谓知力上之阶级惟由道德联结之，尼采则谓此阶级于知力道德皆绝对的，而不可调和者也。

叔氏以持知力的贵族主义，故于其伦理学上虽奖卑屈（Humility）之行，而于其美学上大非谦逊（Modesty）之德曰：

人之观物之浅深明暗之度不一，故诗人之阶级亦不一。当其描写所观也，人人殆自以为握灵蛇之珠，抱荆山之玉矣。何则？彼于大诗人之诗中，不见其所描写者或逾于自己。非大诗人之诗之果然也，彼之肉眼之所及，实止于此。故其观美术也，亦如其观自然，不能越此一步也。惟大诗人见他人之见解之肤浅，而此外尚多描写之余地，始知己能见人之所不能见，而言人之所不能言。故彼之著作不足以悦时人，只以自赏而已。若以谦逊为教，则将并其自赏者而亦夺之乎？然人之有功绩者，不能掩其自知之明。譬诸高八尺者暂而过市，则肩背昂然，齐于众人之首矣。千仞之山，自巅而视其麓也，与自麓而视其巅等。霍兰士（Horace）、鲁克来鸠斯（Lucletius）、屋维特（Ovid）及一切古代之诗人，其自述也，莫不有矜贵之色。唐旦（Dante）然也，狭斯丕尔（Shakespeare）然也，柏庚（Bacon）亦然也。故大人而不自见其大者，殆未之有，惟细人者自顾其一生之空无所有，而聊托于谦逊以自慰，不然则彼惟有蹈海而死耳。某英人尝言曰：“功绩（Merit）与谦逊（Modest）除二字之第一字母外，别无公共之点。”格代亦云：“惟一无所长者乃谦逊耳。”特如以谦逊教人责人者，则格代之言，尤不我欺也。（同前书第三册二百零二页）

吾人且述尼采之《小人之德》一篇中之数节以比较之。其言曰：

> 察拉图斯德拉远游而归，至于国门，则眇焉若狗窦匍匐而后能入。既而览乎民居，粲焉若傀儡之箱，鳞次而栉比，叹曰："夫造物者，宁将以彼为此拘拘也。吾知之矣，使彼等藐焉若此者，非所谓德性之教耶？彼等好谦逊，好节制，何则？彼等乐其平易故也。夫以平易而言，则诚无以逾乎谦逊之德者矣。彼等尝学步矣，然非能步也，踅也。彼且踅且顾，且顾且踅，彼之足与目，不我欺也。彼等之小半能欲也，而其大半被欲也。其小半，本然之动作者也，其大半反是。彼等皆不随意之动作者也，无意识之动作者也，其能为自发之动作者希矣。其丈夫既藐焉若此，于是女子亦皆以男子自处。惟男子之得全其男子者，得使女子之位置复归于女子。其最不幸者，命令之君主，亦不得不从服役之奴隶之道德。'我役、汝役、彼役'，此道德之所命令者也。哀哉！乃使最高之君主，为最高之奴隶乎？哀哉！其仁愈大，其弱愈大；其义愈大，其弱愈大。此道德之根柢，可以一言蔽之曰：'毋害一人。'噫！道德乎？卑怯耳！然则彼等所视为道德者，即使彼等谦逊驯扰者也，是使狼为羊，使人为人之最驯之家畜者也。"（《察拉图斯德拉》第二百四十八页至二百四十九页）

尼采之恶谦逊也亦若此，其应用叔氏美学之说于伦理学上昭然可睹。夫叔氏由其形而上学之结论，而谓一切无生物生物，与吾人皆同一意志之发现。故其伦理学上之博爱主义，不推而放之于禽兽草木不止。然自知力上观之，不独禽兽与人异焉而已，即天才与众人间，男子与女子间，皆有斠然不可逾之界限。但其与尼采异者，一专以知力言，一推而论之于意志，然其为贵族主义则一也。又叔本华亦力攻基督教曰："今日之基督教，非基督之本意，乃复活之犹太教耳。"其所以与尼采异者，一则攻击其乐天主义，一则并其厌世主义而亦攻之，然其为无神论则一也。叔本华说涅槃，尼采则说转灭。一则欲一灭而不复生，一则以灭为生超人之手段。其说之所归虽不同，然其欲破坏旧文化而创造新文化则一也。况其超人说之于天才说，又历历有模仿之迹乎。然则吾人之视尼采，与其视为叔氏之反对者，宁视为叔本华之后继者也。

又叔本华与尼采二人之相似，非独学说而已，古今哲学家性行之相似，亦无若彼二人者。巴尔善之《伦理学系统》，与文特尔朋《哲学史》中，其述二人学说与性行之关系，甚有兴味。兹援以比较之。巴尔善曰：

> 叔本华之学说，与其生活实无一调和之处。彼之学说，在脱屣世界与拒绝一切生活之意志，然其性行则不然。彼之生活，非婆罗门教、佛教之克己的，而宁伊壁鸠鲁之快乐的也。彼自离柏林后，权度一切之利害，而于法兰克福特及曼亨姆之间定其隐居之地。彼虽于学说上深美悲悯之德，然彼自己则无之。古今之攻击学问上之敌者，殆未有酷于彼者也。虽彼之酷于攻击，或得以辩护真理自解乎。然何不观其对母与妹之关系也？彼之母妹，斩焉陷于破产之境遇，而彼独保其自己之财产。彼终其身，惴惴焉惟恐分有他人之损失，及他人之苦痛。要之，彼之性行之冷酷，无可讳也。然则彼之人生观，果欺人之语欤？曰：否。彼虽不实践其理想上之生活，固深知此生活之价值者也。人性之二元中，理、欲二者，为反对之两极，而二者以彼之一生为其激战之地。彼自其父遗传忧郁之性质，而其视物也，恒以小为大，以常为奇，方寸之心，充以弥天之欲，忧患、劳苦、损失、疾病迭起互伏，而为其恐怖之对象，其视天下人无一可信赖者。凡此数者，有一于此，固足以疲其生活而有余矣。此彼之生活之一方面也。其在他方面，则彼大知也，天才也。富于直观之力，而饶于知识之乐，视古之思想家，有过之无不及。当此时也，彼远离希望与恐怖，而追求其纯粹之思索，此彼之生活中最慰藉之顷也。逮其情欲再现，则畴昔之平和破，而其生活复以忧患恐惧充之。彼明知其失而无如之何，故彼每曰："知意志之过失，而不能改之，此可疑而不可疑之事实也。"故彼之伦理说，实可谓其罪恶之自白也。（巴尔善《伦理学系统》第三百十一页至三百十二页）

巴氏之说固自无误，然不悟其学说中于知力之元质外，尚有意志之元质（见下文）。然其叙述叔氏知、意之反对甚为有味。吾人更述文特尔朋之论尼采者比较之曰：

彼之性质中争斗之二元质，尼采自谓之曰“地哇尼苏斯”(Dionysus)，曰“亚波罗”(Apollo)。前者主意论，后者主知论也。前者叔本华之意志，后者海额尔之理念也。彼之知力的修养与审美的创造力，皆达最高之程度，彼深观历史与人生，而以诗人之手腕再现之。然其性质之根柢，充以无疆之大欲，故科学与美术不足以拯之。其志则专制之君主也，其身则大学之教授也，于是彼之理想实往复于知力之快乐与意志之势力之间，彼俄焉委其一身于审美的直观与艺术的制作，俄焉而欲展其意志，展其本能，展其情绪，举昔之所珍赏者一朝而舍之。夫由其人格之高尚纯洁观之，则耳目之欲于彼固一无价值也。彼所求之快乐，非知识的，即势力的也。彼之一生疲于二者之争斗，迨其暮年，知识美术道德等一切，非个人及超个人之价值不足以厌彼，彼翻然而欲于实践之生活中，发展其个人之无限之势力。于是此战争之胜利者，非亚波罗而地哇尼苏斯也，非过去之传说而未来之希望也。一言以蔽之：非理性而意志也。(文特尔朋《哲学史》第六百七十九页)

由此观之，则二人之性行，何其相似之甚欤！其强于意志，相似也；其富知力，相似也；其喜自由，相似也。其所以不相似而相似，相似而又不相似者，何欤？

呜呼！天才者，天之所靳，而人之不幸也。蚩蚩之民，饥而食，渴而饮，老身长子，以遂其生活之欲，斯已耳。彼之苦痛，生活之苦痛而已；彼之快乐，生活之快乐而已。过此以往，虽有大疑大患，不足以撄其心。人之永保此蚩蚩之状态者，固其人之福祉，而天之所独厚者也。若夫天才，彼之所缺陷者与人同，而独能洞见其缺陷之处。彼与蚩蚩者俱生，而独疑其所以生。一言以蔽之：彼之生活也与人同，而其以生活为一问题也与人异；彼之生于世界也与人同，而其以世界为一问题也与人异。然使此等问题，彼自命之，而自解之，则亦何不幸之有。然彼亦一人耳，志驰乎六合之外，而身扃乎七尺之内；因果之法则与空间时间之形式束缚其知力于外，无限之动机与民族之道德压迫其意志于内。而彼之知力意志非犹夫人之知力意志也？彼知人之所不能知，而欲人之所不敢欲，然其被束缚压迫也与人同。夫天才之大小，与其知力意志之大小为比例，故苦痛之大小亦与天才之大小为比例。彼之痛苦既深，必求所以慰藉之道，而人世有限之快乐其不足慰藉彼也明矣。于是彼之慰藉，不得不反而求诸自己。其视自己也，如君王，如帝天；其视他人也，如蝼蚁，如粪土。彼故自然之子也，而常欲为其母，又自然之奴隶也，而常欲为其主。举自然所以束缚彼之知意者，毁之，裂之，焚之，弃之，草薙而兽狝之。彼非能行之也，姑妄言之而已；亦非欲言诸人也，聊以自娱而已。何则？以彼知意之如此而苦痛之如彼，其所以自慰藉之道，固不得不出于此也。

叔本华与尼采，所谓旷世之天才，非欤？二人者，知力之伟大相似，意志之强烈相似。以极强烈之意志，而辅以极伟大之知力，其高掌远蹠于精神界，固秦皇、汉武之所北面，而成吉思汗、拿破仑之所望而却走者也。九万里之地球与六千年之文化，举不足以厌其无疆之欲。其在叔本华，则幸而有汗德者为其陈胜、吴广，为其李密、窦建德，以先驱属路。于是，于世界现象之方面，则穷汗德之知识论之结论，而曰"世界者，吾之观念也"。于本体之方面，则曰"世界万物，其本体皆与吾人之意志同，而吾人与世界万物，皆同一意志之发现也"。自他方面言之："世界万物之意志，皆吾之意志也。"于是我所有之世界，自现象之方面而扩于本体之方面，而世界之在我自知力之方面而扩于意志之方面。然彼犹以有今日之世界为不足，更进而求最完全之世界。故其说虽以灭绝意志为归，而于其大著第四篇之末，仍反覆"灭不终灭、寂不终寂"之说。彼之说"博爱"也，非爱世界也，爱其自己之世界而已。其说"灭绝"也，非真欲灭绝也，不满足于今日之世界而已。由彼之说，岂独如释迦所云"天上地下，惟我独尊而已哉"。必谓"天上地下，惟我独存而后快"。当是时，彼之自视，若担荷大地之阿德拉斯(Atlas)也，孕育宇宙之婆罗麦(Blahma)也。彼之形而上学之需要在此，终身之慰藉在此。故古今之主张意志者，殆未有过于叔氏者也，不过于其美学之天才论中，偶露其真面目之说耳。若夫尼采，以奉实证哲学故，不满于形而上学之空想。而其势力炎炎之欲，失之于彼岸者，欲恢复之于此岸；失之于精神者，欲恢复之于物质。于是叔本华之美学，占领其第一期之思想者，至其暮年，不识不知，而为其伦理学之模范。彼效叔本华之天才而说超人，效叔本华之放弃充足理由之原则而放弃道德，高视阔步而恣其意志之游戏。宇宙之内有知意之优于彼，或足以束缚彼之知意者，彼之所不喜也。故彼二人者，其执无神论同也，其唱意志自由论同也。

譬之一树，叔本华之说，其根柢之盘错于地下，而尼采之说，则其枝叶之干青云而直上者也。尼采之说，如太华三峰，高与天际，而叔本华之说，则其山麓之花冈石也。其所趋虽殊，而性质则一。彼等所以为此说者，无他，亦聊以自慰而已。

要之，叔本华之自慰藉之道，不独存于其美学，而亦存于其形而上学。彼于此学中，发见其意志之无乎不在，而不惜以其七尺之我，殉其宇宙之我，故与古代之道德尚无矛盾之处。而其个人主义之失之于枝叶者，于根柢取偿之。何则？以世界之意志，皆彼之意志故也。若推意志同一之说，而谓世界之知力皆彼之知力，则反以俗人知力上之缺点加诸天才，则非彼之光荣，而宁彼之耻辱也；非彼之慰藉，而宁彼之苦痛也。其于知力上所以持贵族主义，而与其伦理学相矛盾者以此。《列子》曰：

> 周之尹氏大治产，其下趣役者侵晨昏而弗息。有老役夫筋力竭矣，而使之弥勤，昼则呻吟而即事，夜则昏惫而熟寐。昔昔梦为国君，居人民之上，总一国之事，游燕宫观，恣意所欲，觉则复役。（《周穆王》篇）

叔氏之天才之苦痛，则役夫之昼也；美学上之贵族主义，与形而上学之意志同一论，其国君之夜也。尼采则不然。彼有叔本华之天才，而无其形而上学之信仰，昼亦一役夫，夜亦一役夫，醒亦一役夫，梦亦一役夫，于是不得不弛其负担，而图一切价值之颠覆。举叔氏梦中所以自慰者，而欲于昼日实现之，此叔本华之说所以尚不反于普通之道德，而尼采则肆其叛逆而不惮者也。此无他，彼之自慰藉之道，固不得不出于此也。世人多以尼采暮年之说与叔本华相反对者，故特举其相似之点及其所以相似而不相似者如此。（《静庵文集》）

书叔本华遗传说后（选录）

至其谓父之知力不能遗传于子者，此尤与事实大反对者也。兹就文学家言之：以司马迁、班固之史才，而有司马谈、班彪为之父；以枚乘之能文，而有枚皋为之子。且班氏一家，男则有班伯、班游等，女则前有婕妤，后有曹大家，此决非偶然之事也。以王逸之辞赋而有子延寿，其《鲁殿灵光赋》且驾班、张而上之；以蔡邕之逸才而有女文姬，而曹大家及文姬之子反不闻于后世，则又何也？魏武雄才大略，诗文雄杰，亦称其人。文帝、陈思因不愧乃父矣；而幼子邓哀王仓舒以八龄之弱而发明物理学上比重之理（《魏志·邓哀王传》注）。至高贵乡公髦犹有先祖之余烈，其幸太学之问，使博士不能置对，又善绘事，所绘《卞庄刺虎图》为宋代宣和内府书画之冠（《铁围山丛谈》）。又孰谓知力之不能自祖父遗传乎？至帝王家文学之足与曹氏媲美者，厥惟萧氏，梁武帝特妙于文学，虽不如魏武，固亦六代之俊也；昭明继起，可拟五官；至简文帝、元帝，而诗文之富，度越父兄矣；邵陵王纶、武陵王纪亦工书记，独豫章王综，自疑为齐东昏之子，宫甲未动，遽然北窜，然其《钟鸣》、《落叶》之曲，读者未始不可见乃父之遗风焉。此后南唐李氏父子亦颇近之。至于扬雄之子九年而与《玄》文，孔融之儿七岁而知家祸，融固所谓小时了了者也。隋之河汾王氏、宋之眉山苏氏，亦皆父子兄弟回翔文苑，苏过《斜川集》之作，虽不若尔翁，固不愧名父之子也。至一家父子之以文学名者，历史上尤不可胜举，则知力之自父遗传，固自不可拒也。（《静安文集》）

【编者注，观堂此言实在牵强。曹丕说："文以气为主，气之清浊有体，不可力强而至。譬诸音乐，曲度虽均，节奏同检，至于引气不齐，巧拙有素，虽在父兄，不能以移子弟。"历史上出现众多文学世家，其原因不在于遗传基因，而在于家庭环境、文化教养等后天因素。】

论哲学家与美术家之天职

天下有最神圣、最尊贵而无与于当世之用者，哲学与美术是已。天下之人嚣然谓之曰无用，无损于哲学美术之价值也。至为此学者自忘其神圣之位置，而求以合当世之用，于是二者之价值失。夫哲学与美术之所志者，真理也。真理者，天下万世之真理，而非一时之真理也。其有发明此真理（哲学家），或以记号表之（美术）者，天下万世之功绩，而非一时之功绩也。唯其为天下万世之真理，故不能尽与一时一国之利益合，且有时不能相容，此即其神圣之所存也。且夫世之所谓有用者，孰有过于政治家及实业家者乎？世人喜言功用，吾姑以其功用言之。夫人之所以异于禽兽者，岂不以其有纯粹之知识与微妙之感情哉？至于生活之欲，人与禽兽无以或异。后者政治家及实业家之所供给，前者之慰藉满足非求诸哲学及美术不可。就其所贡献于人之事业言之，其性质之贵贱，固以殊矣。至就其功效之所及言之，则哲学家与美术家之事业，虽千载以下，四海以外，苟其所发明之真理，与其所表之之记号之尚存，则人类之知识感情由此而得其满足慰藉者，曾无以异于昔。而政治家及实业家之事业，其及于五世十世者希矣。此又久暂之别也。然则人而无所贡献于哲学美术，斯亦已耳，苟为真正之哲学家美术家，又何慊乎政治家哉！

披我中国之哲学史，凡哲学家无不欲兼为政治家者，斯可异已！孔子大政治家也，墨子大政治家也，孟、荀二子皆抱政治上之大志者也。汉之贾、董，宋之张、程、朱、陆，明之罗、王无不然。岂独哲学家而已，诗人亦然。“自谓颇腾达，立登要路津。致君尧舜上，再使风俗淳。”非杜子美之抱负乎？“胡不上书自荐达，坐令四海如虞唐。”非韩退之之忠告乎？“寂寞已甘千古笑，驰驱犹望两河平。”非陆务观之悲愤乎？如此者，世谓之大诗人矣！至诗人之无此抱负者，与夫小说、戏曲、图画、音乐诸家，皆以侏儒倡优自处，世亦以侏儒倡优畜之。所谓“诗外尚有事在”，“一命为文人，便无足观”，我国人之金科玉律也。呜呼！美术之无独立之价值也久矣。此无怪历代诗人，多托于忠君爱国劝善惩恶之意，以自解免，而纯粹美术上之著述，往往受世之迫害而无人为之昭雪者也。此亦我国哲学美术不发达之一原因也。

夫然，故我国无纯粹之哲学，其最完备者，唯道德哲学与政治哲学耳。至于周、秦、两宋间之形而上学，不过欲固道德哲学之根柢，其对形而上学非有固有之兴味也。其于形而上学且然，况乎美学、名学、知识论等冷淡不急之问题哉！更转而观诗歌之方面，则咏史、怀古、感事、赠人之题目弥满充塞于诗界，而抒情叙事之作什佰不能得一。其有美术上之价值者，仅其写自然之美之一方面耳。甚至戏曲小说之纯文学亦往往以惩劝为旨，其有纯粹美术上之目的者，世非惟不知贵，且加贬焉。

于哲学则如彼，于美术则如此，岂独世人不具眼之罪哉，抑亦哲学家美术家自忘其神圣之位置与独立之价值，而葸然以听命于众故也。

至我国哲学家及诗人所以多政治上之抱负者，抑又有说。夫势力之欲，人之所生而即具者，圣贤豪杰之所不能免也。而知力愈优者，其势力之欲也愈盛。人之对哲学及美术而有兴味者，必其知力之优者也。故其势力之欲亦准之。今纯粹之哲学与纯粹之美术既不能得势力于我国之思想界矣，则彼等势力之欲，不于政治，将于何求其满足之地乎？且政治上之势力，有形的也，及身的也，而哲学美术上之势力，无形的也，身后的也。故非旷世之豪杰，鲜有不为一时之势力所诱惑者矣。虽然，无亦其对哲学美术之趣味有未深，而于其价值有未自觉者乎？今夫人积年月之研究，而一旦豁然悟宇宙人生之真理，或以胸中惝恍不可捉摸之意境一旦表诸文字、绘画、雕刻之上，此固彼天赋之能力之发展，而此时之快乐，决非南面王之所能易者也。且此宇宙人生而尚如故，则其所发明所表示之宇宙人生之真理之势力与价值，必仍如故。之二者，所以酬哲学家美术家者，固已多矣。若夫忘哲学美术之神圣，而以为道德政治之手段者，正使其著作无价值者也。愿今后哲学美术家，毋忘其天职，而失其独立之位置，则幸矣！（《静安文集》）

教育杂感四则·文学与教育

生百政治家，不如生一大文学家。何则？政治家与国民以物质上之利益，而文学家与以精神上之利益。夫精神之于物质，二者孰重？且物质上之利益，一时的也；精神上之利益，永久的也。前人政治上所经营者，后人得一旦而坏之。至古今之大著述，苟其著述一日存，则其遗泽且及于千百世而未沫。故希腊之有鄂谟尔也，意大利之有唐旦也，英吉利之有狭斯丕尔也，德意志之有格代也，皆其国人人之所尸而祝之、社而稷之者，而政治家无与焉。何则？彼等诚与国民以精神上之慰藉，而国民之所恃以为生命者，若政治家之遗泽，决不能如此广且远也。

今之混混然输入于我中国者，非泰西物质的文明乎？政治家与教育家，坎然自知其不彼若，毅然法之。法之诚是也，然回顾我国民之精神界则奚若？试问我国之大文学家，有足以代表全国民之精神，如希腊之鄂谟尔、英之狭斯丕尔、德之格代者乎？吾人所不能答也。其所以不能答者，殆无其人欤？抑有之而吾人不能举其人以实之欤？二者必居一焉。由前之说，则我国之文学不如泰西；由后之说，则我国之重文学不如泰西。前说我所不知，至后说，则事实较然，无可讳也。我国人对文学之趣味如此，则于何处得其精神之慰藉乎？求之于宗教欤？则我国无固有之宗教，印度之佛教亦久失其生气。求之于美术欤？美术之匮乏，亦未有如我中国者也。则夫蚩蚩之氓，除饮食男女外，非雅片赌博之归而奚归乎！故我国人之嗜鸦片也，有心理的必然性，与西人之细腰、中人之缠足有美学的必然性无以异。不改服制而禁缠足，与不培养国民之趣味而禁鸦片，必不可得之数也。夫吾国人对文学之趣味既如此，况西洋物质的文明又有滔滔而入中国，则其压倒文学，亦自然之势也。夫物质的文明，取诸他国，不数十年而具矣，独至精神上之趣味，非千百年之培养，与一二天才之出，不及此。而言教育者，不为之谋，此又愚所大惑不解者也。(《静安文集》)

【编者注：《左传·襄公二十四年》："大上有立德，其次有立功，其次有立言，虽久不废，此之谓不朽。"中华文化传统重视"立言"，"立言"足以不朽，然"立言"尚在"立德"、"立功"之下。王国维则接受西学影响，强调文学的超功利性，超越"功""德"之上，予人类以精神上永久的利益。这是对于"著书都为稻粱谋"的功利主义痛下针砭。但是，正如梁启超所言，有"觉世"文学，也有"传世"文学。"觉世"与"传世"同样重要。其实，王国维早年的文学著述，也是"觉世"的事业，正因其能促使世人觉醒，故而才能万世永传。】

孔子之美育主义

诗云："世短意常多，斯人乐久生。"岂不悲哉！人之所以朝夕营营者，安归乎？归于一己之利害而已。人有生矣，则不能无欲；有欲矣，则不能无求；有求矣，不能无生得失；得则淫，失则戚：此人人之所同也。世之所谓道德者，有不为此嗜欲之羽翼者乎？所谓聪明者，有不为嗜欲之耳目者乎？避苦而就乐，喜得而恶丧，怯让而勇争：此又人人之所同也。于是，内之发于人心也，则为苦痛；外之见于社会也，则为罪恶。然世终无可以除此利害之念，而泯人己之别者欤？将社会之罪恶固不可以稍减，而人心之苦痛遂长此终古欤？曰：有，所谓"美"者是已。

美之为物，不关于吾人之利害者也。吾人观美时，亦不知有一己之利害。德意志之大哲人汗德，以美之快乐为不关利害之快乐(Disinterested Pleasure)。至叔本华而分析观美之状态为二原质：(一)被观之对象，非特别之物，而此物之种类之形式；（二）观者之意识，非特别之我，而纯粹无欲之我也（《意志及观念之世界》第一册，二百五十三页）。何则？由叔氏之说，人之根本在生活之欲，而欲常起于空乏。既偿此欲，则此欲以终；然欲之被偿者一，而不偿者十百；一欲既终，他欲随之：故究竟之慰藉终不可得。苟吾人之意识而充以嗜欲乎？吾人而为嗜欲之我乎？则亦长此辗转于空乏、希望与恐怖之中而已，欲求福祉与宁静，岂可得哉！然吾人一旦因他故，而脱此嗜欲之网，则吾人之知识已不为嗜欲之奴隶，于是得所谓无欲之我。无欲故无空乏，无希望，无恐怖；其视外物也，不以为与我有利害之关系，而但视为纯粹之外物。此境界唯观美时有之。苏子瞻所谓“寓意于物”（《宝绘堂记》）；邵子曰：“圣人所以能一万物之情者，谓其能反观也。所以谓之反观者，不以我观物也。不以我观物者，以物观物之谓也。既能以物观物，又安有有我于其间哉？”（《皇极经世·观物内篇》七）此之谓也。其咏之于诗者，则如陶渊明云：“采菊东篱下，悠然见南山。山气日夕佳，飞鸟相与还。此中有真意，欲辨已忘言。”谢灵运云：“昏旦变气候，山水含清晖。清晖能娱人，游子澹忘归。”或如白衣龙云：

“I live not in myself, but I become portion of that around me; and to me High mountains are a feeling.”

（按：“我不是生活于我自身，而我成为围绕着我的一切中的一份，对于我高高的山峰乃是一种感情。”）

皆善咏此者也。

夫岂独天然之美而已，人工之美亦有之。宫观之瑰杰，雕刻之优美雄丽，图画之简淡冲远，诗歌音乐之直诉人之肺腑，皆使人达于无欲之境界。故秦西自雅里大德勒以后，皆以美育为德育之助。至近世，谑夫志培利【编者注：夏夫兹伯里［Shaftesbury，1671—1713］英国美学家】、赫启孙【编者注：哈奇生，1694—1747，英国美学家】等皆从之。乃德意志之大诗人希尔列尔出，而大成其说，谓人日与美相接，则其感情日益高，而暴慢鄙倍之心自益远。故美术者科学与道德之生产地也。又谓审美之境界乃不关利害之境界，故气质之欲灭，而道德之欲得由之以生。故审美之境界乃物质之境界与道德之境界之津梁也。于物质之境界中，人受制于天然之势力;于审美之境界则远离之;于道德之境界则统御之(希氏《论人类美育之书简》)由上所说,则审美之位置犹居于道德之次。然希氏后日更进而说美之无上之价值,曰:"如人必以道德之欲克制气质之欲,则人性之两部犹未能调和也。于物质之境界及道德之境界中,人性之一部,必克制之以扩充其他部;然人之所以为人,在息此内界之争斗,而使卑劣之感跻于高尚之感觉。如汗德之严肃论中气质与义务对立,犹非道德上最高之理想也。最高之理想存于美丽之心(Beautiful Soul),其为性质也,高尚纯洁,不知有内界之争斗,而唯乐于守道德之法则,此性质唯可由美育得之。"(芬特尔朋《哲学史》第六百页)此希氏最后之说也。【编者注:实指《审美教育书简》的最后一封书简。】顾无论美之与善,其位置孰为高下,而美育与德育不可离,昭昭然矣。

今转而观我孔子之学说。其审美学上之理论虽不可得而知,然其教人也,则始于美育,终于美育。《论语》曰:"小子何莫学夫诗。诗可以兴,可以观,可以群,可以怨。迩之事父,远之事君。多识于鸟兽草木之名。"又曰:"兴于诗,立于礼,成于乐。"其在古昔,则胄子之教,典于后夔;大学之事,董于乐正(《周礼·大司乐》、《礼记·王制》)。然则以音乐为教育之一科,不自孔子始矣。荀子说其效曰:"乐者,圣人之所乐也,而可以善民心。其感人深,其移风易俗。……故乐行而志清,礼修而行成,耳目聪明,血气和平,移风易俗,天下皆宁。"(《乐论》)此之谓也。故"子在齐闻《韶》",则"三月不知肉味"。而《韶》乐之作,虽絜壶之童子,其视精,其行端。音乐之感人,其效有如此者。

且孔子之教人,于诗乐外,尤使人玩天然之天美,故习礼于树下,言志于农山,游于舞雩,叹于川上,使门弟子言志,独与曾点。点之言曰:"莫春者,春服既成,冠者五六人,童子六七人,浴乎沂,风乎舞雩,咏而归。"由此观之,则平日所以涵养其审美之情者可知矣。之人也,之境也,固将磅礴万物以为一,我即宇宙,宇宙即我也。光风霁月不足以喻其明,泰山华岳不足以语其高,南溟渤澥不足以比其大。邵子所谓"反观"者非欤?叔本华所谓"无欲之我"、希尔列尔所谓"美丽之心"者非欤?此时之境界:无希望,无恐怖,无内界之争斗,无利无害,无人无我,不随绳墨而自合于道德之法则。一人如此,则优入圣域;社会如此,则成华胥之国。孔子所谓"安而行之",与希尔列尔所谓"乐于道德之法则"者,舍美育无由矣。

呜呼，我中国非美术之国也！一切学业，以利用之大宗旨贯注之。治一学，必质其有用与否；为一事，必问其有益与否。美之为物，为世人所不顾久矣！故我国建筑、雕刻之术，无可言者。至图画一技，宋元以后，生面特开，其淡远幽雅实有非西人所能梦见者。诗词亦代有作者。而世之贱儒辄援“玩物丧志”之说相抵。故一切美术皆不能达完全之域。美之为物，为世人所不顾久矣！庸讵知无用之用，有胜于有用之用者乎？以我国人审美之趣味之缺乏如此，则其朝夕营营，逐一己之利害而不知返者，安足怪哉！安足怪哉！庸讵知吾国所尊为“大圣”者，其教育固异于彼贱儒之所为乎？故备举孔子美育之说，且诠其所以然之理。世之言教育者，可以观焉。（佛雏校辑《王国维哲学美学论文辑佚》）

【编者注，这是20世纪初中国哲学美学研究的重要篇章。王国维立足于康德、叔本华哲学观来阐述孔子的美育思想。精神主体和物质世界的关系，是人类面临的基本问题，康德所谓审美超功利，叔本华所谓“生活之欲”，所谓“纯粹无欲之我”，都是面对精神主体与物欲世界的矛盾而提出的解决之道。康德和叔本华认为唯有艺术才能暂时示人以解脱之道，从物欲的桎梏中挣脱出来，获得暂时的安慰。回到中国自己的文化传统中，苏轼所谓“君子可以寓意于物，而不可以留意于物”，黄庭坚所谓“决定不是物，方名大丈夫”；“心随物作宰，人谓我非夫”等等，都是强调挺立其伟岸的精神主体，以对抗世俗的物质的世界。这种宋代理学的根本精神，当然，再往前，可追溯到孔、孟。王国维解释孔子的思想，曰“始于美育，终于美育”。孔子思想的核心，是人如何成“仁”入“圣”，即精神境界的不断提升，这个提升的过程，从某种意义上说，就是如何摆脱外在的、物质的欲望的挟制的过程。从这个角度理解王国维的话，还是有意义的。】

英国大诗人白衣龙小传（选录）

白衣龙之为人，【编者注：白衣龙，今译拜伦（1788—1824），英国杰出的浪漫主义诗人，其叛逆、反抗精神给予近代思想界以深刻的影响，周树人的《摩罗诗力说》就热烈歌颂拜伦等的浪漫精神，“刚健不挠，抱诚守真；不取媚于群，以随顺旧俗；发为雄声，以起其国人之新生，而大其国于天下”。】实一纯粹之抒情诗人，即所谓“主观的诗人”也。其胸襟甚狭，无忍耐力自制力，每有所愤，辄将其所郁之于心者泄之于诗。故阿恼德【编者注：阿诺德，1822—1888，英国诗人。】评之曰："白氏之诗非如他人之诗，先生种子于腹中，而渐渐成长，乃非成一全体而发生者也。故于此点尚缺美术家之资格。彼又素乏自制之能力，其诗皆为免胸中之苦痛而作者，故其郁勃之气，悲激之情，能栩栩于诗歌中。"此评实能得白衣龙之真像。盖白衣龙非文弱诗人，而热血男子也，既不慊于世，于是厌世怨世，继之以詈世；既詈世矣，世复报复之，于是愈激愈怒，愈怒愈激，以一身与世界战。夫强于情者，为主观诗人之常态，但若是之甚者，白衣龙一人而已。盖白衣龙处此之时，欲笑不能，乃化为哭，欲哭不得，乃变为怒，愈怒愈滥，愈滥愈甚，此白衣龙强情过甚之所致也。实则其情为无智之情，其智复不足以统属其情而已耳。格代之言曰："彼愚殊甚，其反省力适如婴儿。"盖谓其无分别力也。彼与世之冲突非理想与实在之冲突，乃己意与世习之冲突。又其嗜好亦甚杂复。少年时喜圣书，不喜可信之《新约》，而爱怪诞之《旧约》。其多情不过为情欲之情，毫无高尚之审美情及宗教情。然其热诚则不可诬，故其言虽如狂如痴，实则皆自真心肺中流露出者也。又阿恼德之言曰："白衣龙无技术家连缀事件发展性格之伎俩，惟能将其身历目睹者笔之于书耳。"是则极言其无创作力，惟能敷衍其见闻而已。观诸白衣龙自己之言则益信，其言曰："予若无经验为基础，则何物亦不能作。"故彼之著作中人物，无论何人，皆同一性格，不能出其阅历之范围者也。（佛雏校辑《王国维哲学美学论文辑佚》）

题友人三十小像

劝君惜取镜中姿，三十光阴隙里驰。四海一身原偶寄，千金三致岂前期。论才君自轻侪辈，学道余犹半黠痴。差喜平生同一癖，宵深爱诵剑南诗。（《静安诗稿》）

杂　感

侧身天地苦拘挛，姑射神人未可攀。云若无心常淡淡，川如不竞岂潺

潺。驰怀敷水条山里，托意开元、武德间。终古诗人太无赖，苦求乐土向尘寰。(《静安诗稿》)

拼　飞

拼飞懒逐九秋雕，孤耿真成八月蜩。偶作山游难尽兴，独寻僧话亦无聊。欢场只自增萧瑟，人海何由慰寂寥。不有言愁诗句在，闲愁那得暂时消。(《静安诗稿》)

【编者注：钟嵘《诗品序》论诗之用说："使穷贱易安，幽居靡闷，莫尚于诗矣。"排遣郁闷，打消愁肠，是传统诗歌的重要功能之一。】

偶　成

文章千古事，亦与时枯荣。并世盛作者，人握灵蛇珠。朝菌媚初日，容色非不腴。飘风夕以至，零落委泥涂。且复舍之去，周流观石渠。蔽亏东观籍，繁会南郭竽。譬如贰负户，桎梏南山隅。恒干块犹存，精气荡无余。小子瞢无状，亦复事操觚。自忘宿瘤质，揽镜学施朱。东家与西舍，假得紫罗襦。主者虽不索，跬步终趑趄。且当养毛羽，勿作南溟图。(《静安诗稿》)

【编者注：东扯西补，终不能成为第一流文学家。文学之第一要事在养气，在主体精神境界的提升。】

坐　致

坐致虞唐亦太痴，许身稷契更奚为！谁能妄把平成业，换却平生万首诗。

【编者注：范仲淹《纪送太傅相公归阙》："坐致唐虞成大化。""许身稷契"，杜甫诗意。】

五月二十三夜出阊门驱车至觅渡桥

小斋竟日兀营营，忽试霜蹄四马轻。萤火时从风里堕，雉垣偏向电边明。

静中观我原无碍,忙里哦诗却易成。归路不妨冒雷雨,兹游快绝冠平生。

【编者注:樊志厚《人间词乙稿序》:原夫文学之所以有意境者,以其能观也。出于"观我"者,意余于境;而出于"观物"者,境多于意。然非"物"无以见"我",而"观我"之时,又自有"我"在。】

人间嗜好之研究

活动之不能以须臾息者,其唯人心乎?夫人心本以活动为生活者也。心得其活动之地,则感一种之快乐,反是则感一种之苦痛。此种苦痛,非积极的苦痛,而消极的苦痛也。易言以明之,即空虚的苦痛也。空虚的苦痛,比积极的苦痛尤为人所难堪。何则?积极的苦痛犹为心之活力之一种,故亦含快乐之原质,而空虚的苦痛,则并此原质而无之故也。

人与其无生也,不如恶生;与其不活动也,不如恶活动。此生理学及心理学上之二大原理,不可诬也。人欲医此苦痛,于是用种种之方法,在西人名之曰"To kill time",而在我中国,则名之曰"消遣"。其用语之确当,均无以易,一切嗜好由此起也……

若夫宫室、车马、衣服之嗜好,其适用之部分属于生活之欲,而其妆饰之部分则属于势力之欲。驰骋、田猎、跳舞之嗜好,亦此势力之欲之所发表也。常人之对书画、古物也亦然。彼之爱书籍,非必爱其所含之真理也;爱书画古玩,非必爱其形式之优美古雅也。以多相炫,以精相炫,以物之稀而难得也相炫,读书者亦然,以博相炫。一言以蔽之,炫其势力之胜于他人而已矣。常人对戏剧之嗜好,亦由势力之欲出。先以喜剧(即滑稽剧)言之。夫能笑人者,必其势力强于被笑者也,故笑者实吾人一种势力之发表。然人于实际之生活中,虽遇可笑之事,然非其人为我所素狎者,或其位置远在吾人之下者,则不敢笑。独于滑稽剧中,以其非事实故,不独使人能笑,而且使人敢笑,此即对喜剧之快乐之所存也。悲剧亦然。霍雷士曰:"人生者,自观之者言之,则为一喜剧,自感之者言之,则又为一悲剧也。"自吾人思之,则人生之运命固无以异于悲剧,然人当演此悲剧时,亦俯首杜口,或故示整暇,汶汶而过耳。欲如悲剧中之主人公,且演且歌,以诉其胸中之苦痛者,又谁听之、而谁怜之乎!夫悲剧中之人物之无势力之可言,固不待论。然敢鸣其苦痛者与不敢鸣其痛苦者之间,其势力之大小必有辨矣。夫人生中固无独语之事，而戏曲则以许独语故，故人生中久压抑之势力，独于其中筐倾而箧倒之，故虽不解美术上之趣味者，亦于此中得一种势力之快乐。普通之人之对戏曲之嗜好，亦非此不足以解释之矣。

若夫最高尚之嗜好，如文学、美术，亦不外势力之欲之发表。希尔列尔既谓儿童之游戏存于用剩余之势力矣，文学美术亦不过成人之精神的游戏。故其渊源之存于剩余之势力，无可疑也。且吾人内界之思想感情，平时不能语诸人或不能以庄语表之者，于文学中以无人与我一定之关系故，故得倾倒而出之。易言以明之，吾人之势力所不能于实际表出者，得以游戏表出之是也。若夫真正之大诗人，则又以人类之感情为其一己之感情。彼其势力充实，不可以已，遂不以发表自己之感情为满足，更进而欲发表人类全体之感情。彼之著作，实为人类全体之喉舌，而读者于此得闻其悲欢啼笑之声，遂觉自己之势力亦为之发扬而不能自已。【编者注：希尔列尔，今译作“席勒”。】

故自文学言之，创作与赏鉴之二方面亦皆以此势力之欲为之根柢也。文学既然，他美术何独不然？岂独美术而已，哲学与科学亦然。柏庚有言曰：“知识即势力也。”则一切知识之欲，虽谓之即势力之欲，亦无不可。彼等以其势力卓越于常人故，故不满足于现在之势力，而欲得永远之势力。虽其所用以得势力之手段不同，然其目的固无以异。夫然，始足以活动人心而医其空虚的苦痛。以人心之根柢实为一生活之欲，若势力之欲故苟不足以遂其生活或势力者，决不能使之活动。以是观之，则一切嗜好虽有高卑优劣之差，固无非势力之欲之所为也。

然余之为此论，固非使文学美术之价值下齐于博弈也。不过自心理学言之，则此数者之根柢皆存于势力之欲，而其作用皆在使人心活动，以疗其空虚之苦痛。以此所论者，乃事实之问题，而非价值之问题故也。若欲抑制卑劣之嗜好，不可不易之以高尚之嗜好，不然，则必有溃决之一日。此又从人心活动之原理出，有教育之责及欲教育自己者，不可不知所注意焉。（《静安文集续编》）

自序二

前篇既述数年间为学之事，兹复就为学之结果述之：

余疲于哲学有日矣。哲学上之说，大都可爱者不可信，可信者不可爱。余知真理，而余又爱其谬误。伟大之形而上学，高严之伦理学，与纯粹之美学，此吾人所酷嗜也。然求其可信者，则宁在知识论上之实证论，伦理学上之快乐论，与美学上之经验论。知其可信而不能爱，觉其可爱而不能信，此近二三年中最大之烦闷，而近日之嗜好所以渐由哲学而移于文学，而欲于其中求直接之慰藉者也。要之，余之性质，欲为哲学家则感情苦多，而知力苦寡；欲为诗人，则又苦感情寡而理性多。诗歌乎？哲学乎？他日以何者终吾身，所不敢知，抑在二者之间乎？

今日之哲学界，自赫尔德曼以后，未有敢立一家系统者也。居今日而欲自立一新系统，自创一新哲学，非愚则狂也。近二十年之哲学家，如德之芬德，英之斯宾塞尔，但搜集科学之结果，或古人之说而综合之、修正之耳。此皆第二流之作者，又皆所谓可信而不可爱者也。此外所谓哲学家，则实哲学史家耳。以余之力，加之以学问，以研究哲学史，或可操成功之券。然为哲学家，则不能；为哲学史，则又不喜，此亦疲于哲学之一原因也。

近年嗜好之移于文学，亦有由焉，则填词之成功是也。余之于词，虽所作尚不及百阕，然自南宋以后，除一二人外，尚未有能及余者，则平日之所自信也。虽比之五代、北宋之大词人，余愧有所不如，然此等词人，亦未始无不及余之处。因词之成功，而有志于戏曲，此亦近日之奢愿也。然词之于戏曲，一抒情，一叙事，其性质既异，其难易又殊。

又何敢因前者之成功，而遽冀后者乎？但余所以有志于戏曲者，又自有故。吾中国文学之最不振者，莫戏曲若。元之杂剧，明之传奇，存于今日者，尚以百数。其中之文字，虽有佳者，然其理想及结构，虽欲不谓至幼稚、至拙劣，不可得也。国朝之作者，虽略有进步，然比诸西洋之名剧，相去尚不能以道里计。此余所以自忘其不敏，而独有志乎是也。

然目与手不相谋，志与力不相副，此又后人之通病。故他日能为之与否，所不敢知，至为之而能成功与否，则愈不敢知矣。

虽然，以余今日研究之日浅，而修养之力乏，而遽绝望于哲学及文学，毋乃太早计乎！苟积毕生之力，安知于哲学上不有所得，而于文学上不终有成功之一日乎？即今一无成功，而得于局促之生活中，以思索玩赏为消遣之法，以自逭于声色货利之域，其益固已多矣。诗云："且以喜乐，且以永日。”此吾辈才弱者之所有事也。若夫深湛之思，创造之力，苟一日集于余躬，则俟诸天之所为欤！俟诸天之所为欤！（《静安文集续编》）

古雅之在美学上之位置

“美术者天才之制作也”，此自汗德以来百余年间学者之定论也。然天下之物，有决非真正之美术品而又决非利用品者。又其制作之人，决非必为天才，而吾人之视之也，若与天才所制作之美术无异者。无以名之，名之曰“古雅”。

欲知古雅之性质，不可不知美之普遍之性质。美之性质，一言以蔽之曰：可爱玩而不可利用者是已。虽物之美者，有时亦足供吾人之利用，但人之视为美时，决不计及其可利用之点。其性质如是，故其价值亦存于美之自身，而不存乎其外。而美学上之区别美也，大率分为二种：曰优美，曰宏壮。自巴克及汗德之书出，学者殆视此为精密之分类矣。至古今学者对优美及宏壮之解释，各由其哲学系统之差别而各不同。要而言之，则前者由一对象之形式不关于吾人之利害，遂使吾人忘利害之念，而以精神之全力沉浸于此对象之形式中。自然及艺术中普通之美，皆此类也。后者则由一对象之形式，越乎吾人知力所能驭之范围，或其形式大不利于吾人，而又觉其非人力所能抗，于是吾人保存自己之本能，遂超越乎利害之观念外，而达观其对象之形式，如自然中之高山大川、烈风雷雨，艺术中伟大之宫室、悲惨之雕刻象、历史画、戏曲、小说等皆是也。此二者，其可爱玩而不可利用也同，若夫所谓古雅者则何如？

一切之美，皆形式之美也。就美之自身言之，则一切优美皆存于形式之对称变化及调和。至宏壮之对象，汗德虽谓之无形式，然以此种无形式之形式能唤起宏壮之情，故谓之形式之一种，无不可也。就美术之种类言之，则建筑雕刻音乐之美之存于形式固不俟论，即图画诗歌之美之兼存于材质之意义者，亦以此等材质适于唤起美情故，故亦得视为一种之形式焉。释迦与马利亚庄严圆满之相，吾人亦得离其材质之意义，而感无限之快乐，生无限之钦仰。戏曲、小说之主人翁及其境遇，对文章之方面言之，则为材质；然对吾人之感情言之，则此等材质又为唤起美情之最适之形式。故除吾人之感情外，凡属于美之对象者，皆形式而非材质也。而一切形式之美，又不可无他形式以表之，惟经过此第二之形式，斯美者愈增其美，而吾人之所谓古雅，即此第二种之形式。即形式之无优美与宏壮之属性者，亦因此第二形式故，而得一种独立之价值。故古雅者，可谓之形式之美之形式之美也。

夫然，故古雅之致存于艺术而不存于自然。以自然但经过第一形式，而艺术则必就自然中固有之某形式，或所自创造之新形式，而以第二形式表出之。即同一形式也，其表之也各不同。同一曲也，而奏之者各异；同一雕刻绘画也，而真本与摹本大殊；诗歌亦然。"夜阑更秉烛，相对如梦寐"（杜甫《羌村诗》）之于"今宵剩把银江照，犹恐相逢是梦中"（晏几道《鹧鸪天》词），"愿言思伯，甘心首疾"（《诗·卫风·伯兮》）之于"衣带渐宽终不悔，为伊消得人憔悴"（欧阳修《蝶恋花》词），其第一形式同。而前者温厚，后者刻露也，其第二形式异也。一切艺术无不皆然，于是有所谓雅俗之区别起。优美及宏壮必与古雅合，然后得显其固有之价值。不过优美及宏壮之原质愈显，则古雅之原质愈蔽。然吾人所以感如此之美且壮者，实以表出之之雅故，即以其美之第一形式，更以雅之第二形式表出之故也。

虽第一形式之本不美者，得由其第二形式之美（雅）而得一种独立之价值。茅茨土阶，与夫自然中寻常琐屑之景物，以吾人之肉眼观之，举无足与于优美若宏壮之数，然一经艺术家（若绘画，若诗歌）之手，而遂觉有不可言之趣味。此等趣味，不自第一形式得之，而自第二形式得之无疑也。绘画中之布置，属于第一形式，而使笔使墨，则属于第二形式。凡以笔墨见赏于吾人者，实赏其第二形式也。此以低度之美术（如法书等）为尤甚。三代之钟鼎，秦汉之摹印，汉、魏、六朝、唐、宋之碑帖，宋、元之书籍等，其美之大部实存于第二形式。吾人爱石刻不如爱真迹，又其于石刻中爱翻刻不如爱原刻，亦以此也。凡吾人所加于雕刻书画之品评，曰"神"、曰"韵"、曰"气"、曰"味"，皆就第二形式言之者多，而就第一形式言之者少。文学亦然，古雅之价值大抵存于第二形式。西汉之匡、刘，东京之崔、蔡，其文之优美宏壮，远在贾、马、班、张之下，而吾人之嗜之也亦无逊于彼者，以雅故也。南丰之于文，不必工于苏、王，姜夔之于词，且远逊于欧、秦，而后人亦嗜之者，以雅故也。由是观之，则古雅之原质，为优美及宏壮中不可缺之原质，且得离优美宏壮而有独立之价值，则固一不可诬之事实也。

然古雅之性质，有与优美及宏壮异者。古雅之但存于艺术而不存于自然，既如上文所论矣，至判断古雅之力亦与判断优美及宏壮之力不同。后者先天的，前者后天的、经验的也。优美及宏壮之判断之为先天的判断，自汗德之《判断力批评》后，殆无反对之者。此等判断既为先天的，故亦普遍的、必然的也。易言以明之，即一艺术家所视为美者，一切艺术家亦必视为美。此汗德所以于其美学中，预想一公共之感官者也。若古雅之判断则不然，由时之不同而人之判断之也各异。吾人所断为古雅者，实由吾人今日之位置断之。古代之遗物无不雅于近世之制作，古代之文学虽至拙劣，自吾人读之无不古雅者，若自古人之眼观之，殆不然矣。故古雅之判断，后天的也，经验的也，故亦特别的也，偶然的也。此由古代表出第一形式之道与近世大异，故吾人睹其遗迹，不觉有遗世之感随之，然在当日，则不能若优美及宏壮，则固无此时间上之限制也。

古雅之性质既不存于自然，而其判断亦但由于经验，于是艺术中古雅之部分，不必尽俟天才，而亦得以人力致之。苟其人格诚高，学问诚博，则虽无艺术上之天才者，其制作亦不失为古雅。而其观艺术也，虽不能喻其优美及宏壮之部分，犹能喻其古雅之部分。若夫优美及宏壮，则非天才殆不能捕攫之而表出之。今古第三流以下之艺术家，大抵能雅而不能美且壮者，职是故也。以绘画论，则有若国朝之王翚，彼固无艺术上之天才，但以用力甚深之故，故摹古则优而自运则劣，则岂不以其舍其所长之古雅，而欲以优美、宏壮与人争胜也哉！以文学论，则除前所述匡、刘诸人外，若宋之山谷，明之青邱、历下，国朝之新城等，其去文学上之天才盖远，徒以有文学上之修养故，其所作遂带一种典雅之性质。而后之无艺术上之天才者亦以其典雅故，遂与第一流之文学家等类而观之，然其制作之负于天分者十之二三，而负于人力者十之七八，则固不难分析而得之也。又虽真正之天才，其制作非必皆神来兴到之作也。以文学论，则虽最优美最宏壮之文学中，往往书有陪衬之篇，篇有陪衬之章，章有陪衬之句，句有陪衬之字。一切艺术，莫不如是。此等神兴枯涸之处，非以古雅弥缝之不可。而此等古雅之部分，又非藉修养之力不可。若优美与宏壮，则固非修养之所能为力也。

然则古雅之价值，遂远出优美及宏壮下乎？曰：不然。可爱玩而不可利用者,一切美术品之公性也。优美与宏壮然,古雅亦然。而以吾人之玩其物也,无关于利用故,遂使吾人超出乎利害之范围外,而惝恍于缥缈宁静之域。优美之形式,使人心和平;古雅之形式,使人心休息,故亦可谓之低度之优美。宏壮之形式常以不可抵抗之势力唤起人钦仰之情,古雅之形式则以不习于世俗之耳目故,而唤起一种之惊讶。惊讶者,钦仰之情之初步,故虽谓古雅为低度之宏壮,亦无不可也。故古雅之位置,可谓在优美与宏壮之间,而兼有此二者之性质也。至论其实践之方面,则以古雅之能力,能由修养得之,故可为美育普及之津梁。虽中智以下之人,不能创造优美及宏壮之物者,亦得由修养而有古雅之创造力;又虽不能喻优美及宏壮之价值者,亦得于优美宏壮中之古雅之原质,或于古雅之制作物中得其直接之慰藉。故古雅之价值,自美学上观之诚不能及优美及宏壮,然自其教育众庶之效言之,则虽谓其范围较大、成效较著可也。因美学上尚未有专论古雅者,故略述其性质及位置如右。篇首之疑问,庶得由是而说明之欤?(《静安文集续编》)

文学小言

(一)昔司马迁推本汉武时学术之盛,以为利禄之途使然。余谓一切学问皆能以利禄劝,独哲学与文学不然。何则?科学之事业,皆直接间接以厚生利用为旨,故未有与政治及社会上之兴味相刺谬者也。至一新世界观与新人生观出,则往往与政治及社会上之兴味不能相容。若哲学家而以政治及社会之兴味为兴味,而不顾真理之如何,则又决然非真正之哲学。此欧洲中世哲学之以辩护宗教为务者,所以蒙极大之污辱,而叔本华所以痛斥德意志大学之哲学者也。文学亦然:铺啜的文学,决非真正之文学也。

【编者注:《史记·儒林传》载汉武帝时,招方正贤良文学之士,黜黄老、刑名百家之言,延文学儒者数百人,甚至明一经者竟得封侯,“天下之学士靡然乡风矣”;又从公孙弘之议,以利禄奖掖儒士,“自此以来,则公卿大夫士吏斌斌多文学之士矣”。《孟子·离娄上》:“孟子谓乐正子曰:‘子之从于子敖来,徒餔啜也。我不意子学古之道,而以餔啜也。’”朱熹注:“言其不择所从,但求食耳。”】

（二）文学者，游戏的事业也。人之势力，用于生存竞争而有余，于是发而为游戏。婉娈之儿，有父母以衣食之，以卵翼之，无所谓争存之事也。其势力无所发泄，于是作种种之游戏。逮争存之事亟，而游戏之道息矣。唯精神上之势力独优，而又不必以生事为急者，然后终身得保其游戏之性质。而成人以后，又不能以小儿之游戏为满足，于是对其自己之感情及所观察之事物而摹写之，咏叹之，以发泄所储蓄之势力。故民族文化之发达，非达一定之程度，则不能有文学；而个人之汲汲于争存者，决无文学家之资格也。

【编者注：王国维此论，悉本于席勒之“艺术游戏”说。】

（三）人亦有言，名者利之宾也。故文绣的文学之不足为真文学也，与铺缀的文学同。古代文学之所以有不朽之价值者，岂不以无名之见者存乎？至文学之名起，于是有因之以为名者，而真正文学乃复托于不重于世之文体以自见。逮此体流行之后，则又为虚车矣。故模仿之文学，是文绣的文学与铺缀的文学之记号也。

【编者注：周敦颐《通书》：“轮辕饰而人弗庸，徒饰也，况虚车乎？文辞，艺也；道德，实也。”】

（四）文学中有二原质焉：曰景，曰情。前者以描写自然及人生之事实为主，后者则吾人对此种事实之精神的态度也。故前者客观的，后者主观的也；前者知识的，后者感情的也。自一方面言之，则必吾人之胸中洞然无物，而后其观物也深，而其体物也切；即客观的知识，实与主观的情感为反比例。自他方面言之，则激烈之感情，亦得为直观之对象、文学之材料；而观物与其描写之也，亦有无限之快乐伴之。要之，文学者，不外知识与感情交代之结果而已。苟无锐敏之知识与深邃之感情者，不足与于文学之事。此其所以但为天才游戏之事业，而不能以他道劝者也。

（五）古今之成大事业、大学问者，不可不历三种之阶级：“昨夜西风凋碧树，独上高楼，望尽天涯路。”（晏同叔《蝶恋花》）此第一阶级也。“衣带渐宽终不悔，为伊消得人憔悴。”（欧阳永叔《蝶恋花》）此第二阶级也。“众里寻他千百度，回头蓦见，那人正在灯火阑珊处。”（辛幼安《青玉案》）此第三阶级也。未有未阅第一第二阶级，而能遽跻第三阶级者。文学亦然。此有文学上之天才者，所以又需莫大之修养也。

（六）三代以下之诗人，无过于屈子、渊明、子美、子瞻者。此四子者苟无文学之天才，其人格亦自足千古。故无高尚伟大之人格，而有高尚伟大之文学者，殆未之有也。

（七）天才者，或数十年而一出，或数百年而一出，而又须济之以学问，帅之以德性，始能产真正之大文学。此屈子、渊明、子美、子瞻等所以旷世而不一遇也。

（八）"燕燕于飞，差池其羽"；"燕燕于飞，颉之颃之"；"睍睆黄鸟，载好其音"；"昔我往矣，杨柳依依"。诗人体物之妙，侔于造化，然皆出于离人孽子征夫之口，故知感情真者，其观物亦真。

【编者注："燕燕于飞，差池其羽"；"燕燕于飞，颉之颃之"，出自《诗经·邶风·燕燕》。"睍睆黄鸟，载好其音"，出自《诗经·邶风·凯风》。"昔我往矣，杨柳依依"，出自《诗经·小雅·采薇》。】

（九）"驾彼四牡，四牡项领。我瞻四方，蹙蹙靡所骋"。以《离骚》、《远游》数千言言之而不足者，独以十七字尽之，岂不诡哉！然以讥屈子之文胜，则亦非知言者也。

【编者注："驾彼四牡"四句，出自《诗经·小雅·节南山》。】

（十）屈子感自己之感，言自己之言者也。宋玉、景差感屈子之所感，而言其所言；然亲见屈子之境遇与屈子之人格，故其所言，亦殆与自己之言无异。贾谊、刘向，其遇略与屈子同，而才则逊矣。王叔师以下，但袭其貌而无真情以济之。此后人之所以不复为楚人之词者也。

【编者注：王逸，字叔师，东汉辞赋家。】

（十一）屈子之后，文学上之雄者，渊明其尤也。韦、柳之视渊明，其如贾、刘之视屈子乎！彼感他人之所感，而言他人之所言，宜其不如李、杜也。

（十二）宋以后之能感自己之感，言自己之言者，其唯东坡乎！山谷可谓能言其言矣，未可谓能感所感也。遗山以下亦然。若国朝之新城，岂徒言一人之言已哉？所谓"莺偷百鸟声"者也。

【编者注：新城，王士祯，山东新城（今桓台）人。】

（十三）诗至唐中叶以后，殆为羔雁之具矣。故五季、北宋之诗（除一二大家外。）无可观者，而词则独为其全盛时代。其诗词兼擅如永叔、少游者，皆诗不如词远甚。以其写之于诗者，不若写之于词者之真也。至南宋以后，词亦为羔雁之具，而词亦替矣（除稼轩一人外）。观此足以知文学盛衰之故矣。

（十四）上之所论，皆就抒情的文学言之（《离骚》、诗、词皆是）。至叙事的文学（谓叙事传、史诗、戏曲等，非谓散文也），则我国尚在幼稚之时代。元人杂剧，辞则美矣，然不知描写人格为何事。至国朝之《桃花扇》，则有人格矣，然他戏曲则殊不称是。要之，不过稍有系统之词，而并失词之性质者也，以东方古文学之国，而最高之文学无一足以与西欧匹者，此则后此文学家之责矣。

（十五）抒情之诗，不待专门之诗人而后能之也。若夫叙事，则其所需之时日长，而其所取之材料富。非天才而又有暇日者不能。此诗家之数之所以不可更仆数，而叙事文学家殆不能及百分之一也。

（十六）《三国演义》无纯文学之资格，然其叙关壮缪之释曹操，则非大文学家不办。《水浒传》之写鲁智深，《桃花扇》之写柳敬亭、苏昆生，彼其所为，固毫无意义。然以其不顾一己之利害，故犹使吾人生无限之兴味，发无限之尊敬，况于关壮缪之矫矫者乎？若此者，岂真如汗德所云，实践理性为宇宙人生之根本欤？抑与现在利己之世界相比较，而益使吾人兴无涯之感也！则选择戏曲小说之题目者，亦可以知所去取矣。

（十七）吾人谓戏曲小说家为专门之诗人，非谓其以文学为职业也。以文学为职业，铺啜的文学也。职业的文学家，以文学得生活；专门之文学家，为文学而生活。今铺啜的文学之途，盖已开矣。吾宁闻征夫思妇之声，而不屑使此等文学嚣然污吾耳也。（《静安文集续编》）

屈子文学之精神

我国春秋以前，道德政治上之思想，可分之为二派：一帝王派，一非帝王派。前者称道尧、舜、禹、汤、文、武，后者则称其学出于上古之隐君子，（如庄周所称广成子之类。）或托之于上古之帝王。前者近古学派，后者远古学派也；前者贵族派，后者平民派也；前者入世派，后者遁世派也；（非真遁世派，知其主义之终不能行于世，而遁焉者也。）前者热性派，后者冷性派也；前者国家派，后者个人派也。前者大成于孔子、墨子，而后者大成于老子。（老子，楚人，在孔子后，与孔子问礼之老聃系二人。说见汪容甫《述学·老子考异》。）故前者北方派，后者南方派。此二派者，其主义常相反对，而不能相调和。观孔子与接舆、长沮、桀溺、荷蓧丈人之关系，可知之矣。战国后之诸学派，无不直接出于此二派，或出于混合此二派。故虽谓吾国固有之思想，不外此二者，可也。

夫然，故吾国之文学，亦不外发表二种之思想。然南方学派则仅有散文的文学，如老子、庄、列是已。至诗歌的文学，则为北方学派之所专有。《诗》三百篇，大抵表北方学派之思想者也。虽其中如《考槃》、《衡门》等篇，略近南方之思想。然北方学者所谓"用之则行，舍之则藏"，"有道则见，无道则隐"者，亦岂有异于是哉？故此等谓之南北公共之思想则可，不必为南方思想之特质也。然则诗歌的文学，所以独出于北方之学派中者，又何故乎？

诗歌者，描写人生者也。（用德国大诗人希尔列尔之定义。）此定义未免太狭。今更广之曰"描写自然及人生"，可乎？然人类之兴味，实先人生，而后自然。故纯粹之模山范水，流连光景之作，自建安以前，殆未之见。而诗歌之题目，皆以描写自己之感情为主。其写景物也，亦必以自己深邃之感情为之素地，而始得于特别之境遇中，用特别之眼观之。故古代之诗，所描写者，特人生之主观的方面；而对于人生之客观的方面，及纯处于客观界之自然，断不能以全力注之也。故对古代之诗，前之定义，宁苦其广，而不苦其隘也。

诗之为道，既以描写人生为事，而人生者，非孤立之生活，而在家族、国家及社会中之生活也。北方派之理想，置于当日之社会中，南方派之理想，则树于当日之社会外。易言以明之：北方派之理想，在改作旧社会；南方派之理想，在创造新社会。然改作与创作，皆当日之社会之所不许也。南方之人，以长于思辩，而短于实行，故知实践之不可能，而即于其理想中求其安慰之地，故有遁世无闷、嚣然自得以没齿者矣。若北方之人，则往往以坚忍之志，强毅之气，恃其改作之理想，以与当日之社会争；而社会之仇视之也，亦与其仇视南方学者无异，或有甚焉。故彼之视社会也，一时以为寇，一时以为亲，如此循环，而遂生欧穆亚（Humour）之人生观。《小雅》中之杰作，皆此种竞争之产物也。且北方之人，不为离世绝俗之举，而日周旋于君臣父子夫妇之间，此等在在畀以诗歌之题目，与以作诗之动机。此诗歌的文学，所以独产于北方学派中，而无与于南方学派者也。

然南方文学中，又非无诗歌的原质也。南人想象力之伟大丰富，胜于北人远甚。彼等巧于比类,而善于滑稽:故言大则有若北溟之鱼,语小则有若蜗角之国;语久则大椿冥灵,语短则蟪蛄朝菌;至于襄城之野,七圣皆迷;汾水之阳,四子独往:此种想象,决不能于北方文学中发见之。故庄、列书中之某分,即谓之散文诗,无不可也。夫儿童想象力之活泼,此人人公认之事实也。国民文化发达之初期亦然,古代印度及希腊之壮丽之神话,皆此等想象之产物。以我中国论,则南方之文化发达较后于北方,则南人之富于想象,亦自然之势也。此南方文学中之诗歌的特质所以优于北方文学者也。

由此观之,北方人之感情,诗歌的也,以不得想象之助,故其所作遂止于小篇。南方人之想象,亦诗歌的也,以无深邃之感情之后援,故其想象亦散漫而无所丽,是以无纯粹之诗歌。而大诗歌之出,必须俟北方人之感情,与南方人之想象合而为一,即必通南北之驿骑而后可,斯即屈子其人也。

屈子,南人而学北方之学者也。南方学派之思想,本与当时封建贵族之制度不能相容。故虽南方之贵族,亦当奉北方之思想焉。观屈子之文,可以徵之。其所称之圣王,则有若高辛、尧、舜、汤、少康、武丁、文、武,贤人则有若皋陶、挚说、彭、咸、(谓彭祖、巫咸,商之贤臣也,与"巫咸时夕降兮"之巫咸,自是二人,《列子》所谓"郑有神巫,名季咸"者也。)比干、伯夷、吕望、宁戚、百里、介推、子胥,暴君则有若夏启、羿、浞、桀、纣,皆北方学者之所常称道,而于南方学者所称黄帝、广成等不一及焉。虽《远游》一篇,似专述南方之思想,然此实屈子愤激之词,如孔子之居夷浮海,非其志也。《离骚》之卒章,其旨亦与《远游》同。然卒曰:"陟升皇之赫戏兮,忽临睨夫旧乡。仆夫悲余马怀兮,蜷局顾而不行。"《九章》中之《怀沙》,乃其绝笔,然犹称重华、汤、禹,足知屈子固彻头彻尾抱北方之思想,虽欲为南方之学者,而终有所不慊者也。

屈子之自赞曰"廉贞"。余谓屈子之性格,此二字尽之矣。其"廉"固南方学者之所优为,其"贞"则其所不屑为,亦不能为者也。女媭之詈,巫咸之占,渔父之歌,皆代表南方学者之思想,然皆不足以动屈子。而知屈子者,唯詹尹一人。盖屈子之于楚,亲则肺腑,尊则大夫,又尝管内政外交上之大事矣,其于国家既同累世之休戚,其于怀王又有一日之知遇,被疏者一,被放者再,而终不能易其志,于是其性格与境遇相得,而使之成一种之欧穆亚。《离骚》以下诸作，实此欧穆亚所发表者也。使南方之学者处此，则贾谊(《吊屈原文》)、扬雄(《反离骚》)是，而屈子非矣。此屈子之文学，所负于北方学派者也。

然就屈子文学之形式言之，则所负于南方学派者，抑又不少。彼之丰富之想象力，实与庄、列为近。《天问》、《远游》凿空之谈，求女谬悠之语，庄语之不足，而继之以谐，于是思想之游戏，更为自由矣。变《三百篇》之体，而为长句，变短什而为长篇，于是感情之发表，更为宛转矣。此皆古代北方文学之所未有，而其端自屈子开之，然所以驱此想象而成此大文学者，实由其北方之肫挚的性格。此庄周等之所以仅为哲学家，而周、秦间之大诗人，不能不独数屈子也。

要之，诗歌者，感情的产物也。虽其中之想象的原质，(即知力的原质)亦须有肫挚之感情，为之素地，而后此原质乃显。故诗歌者实北方文学之产物，而非儇薄冷淡之夫所能托也。观后世之诗人，若渊明，若子美，无非受北方学派之影响者。岂独一屈子然哉！岂独一屈子然哉！(《静安文集续编》)

奏定经学科大学、文学科大学章程书后(选录)

今日之《奏定学校章程》，草创之者黄陂陈君毅，而南皮张尚书实成之。其小学、中学诸章程中，亦有不合于教育之理法者，以世多能知之，能言之，余故勿论。今分科大学之立有日矣，且论大学。大学中若医、法、理、工、农、商诸科，但袭日本大学之旧，不知中国现在之情形有当否，以非予之专门，亦不具论，但论经学科、文学科大学。……

至文学与哲学之关系，其密切亦不下于经学。今天吾国文学上之最可宝贵者，孰过于周、秦以前之古典乎？《系辞》上、下传实与《孟子》、《戴记》等为儒家最粹之文学，若自其思想言之，则又纯粹之哲学也。今不解其思想，而但玩其文辞，则其文学上之价值已失其大半。此外周、秦诸子，亦何莫不然？自宋以后，哲学渐与文学离，然如《太极图说》、《通书》、《正蒙》、《皇极经世》等，自文辞上观之，虽欲不谓之工，岂可得哉？此外如朱子之于南宋，阳明之于明，非独以哲学鸣，言其文学，亦断非同时龙川、水心及前后七子等之所能及也。凡此诸子之书，亦哲学，亦文学。今舍其哲学,而徒研究其文学,欲其完全解释,安可得也!西洋之文学亦然。柏拉图之《问答篇》、鲁克来谑斯之《物性赋》,皆具哲学文学二者之资格。特如文学中之诗歌一门,尤与哲学有同一之性质。

其所欲解释者,皆宇宙人生上根本之问题。不过其解释之方法,一直观的,一思考的;一顿悟的,一合理的耳。读者观格代、希尔列尔之戏曲,所负于斯披诺若、汗德者如何,则思过半矣。今文学科大学中,既授外国文学矣,不解外国哲学之大意而欲全解其文学,是犹却行而求前,南辕而北其辙,必不可得之数也。且定美之标准与文学上之原理者,亦唯可于哲学之一分科之美学中求之。虽有文学上之天才者,无俟此学之教训,而无才者亦不能以此等抽象之学问养成之。然以有此等学故,得使旷世之才稍省其劳力,而中智之人不惑于歧途,其功固不可没也。故哲学之重要,自经学上言之则如彼,自文学上言之则如此,是故不冀经学、文学之发达则已,苟谋其发达进步,则此二科之章程不可不自根本上改善之也。……

(《静安文集续编》)

去毒篇(选录)

吾人之奖励宗教,为下流社会言之,此由其性质及位置上有不得不如是者。何则?国家固不能令人人受高等之教育,即令能之,其如国民之智力不尽适何?若夫上流社会,则其知识既广,其希望亦较多,故宗教之对彼,其势力不能如对下流社会之大,而彼等之慰藉,不得不求诸美术。美术者,上流社会之宗教也。彼等苦痛之感无以异于下流社会,而空虚之感则又过之,此等感情上之疾病,固非干燥的科学与严肃的道德之所能疗也。感情上之疾病,非以感情治之不可。必使其闲暇之时心有所寄,而后能得以自遣。夫人之心力,不寄于此则寄于彼;不寄于高尚之嗜好,则卑劣之嗜好所不能免矣。而雕刻、绘画、音乐、文学等,彼等果有解之之能力,则所以慰藉彼者,世固无以过之。何则?吾人对宗教之兴味,存于未来,而对美术之兴味,存于现在。故宗教之慰藉,理想的;而美术之慰藉,现实的也。而美术之慰藉中,尤以文学为尤大。何则?雕刻、图画等,其物既不易得,而好之之误,则留意于物之弊固所不能免也。若文学者,则求之书籍而已无不足,其普遍便利,决非他美术所能及也。故此后中等校以上宜大用力于古典一科，虽美术上之天才不能由此养成之，然使有解文学之能力，爱文学之嗜好，则其所以慰空虚之苦痛而防卑劣之嗜好者，其益固已多矣。此言教育者所不可不大注意者也。(《静安文集续编》)

宋代之金石学(选录)

宋代学术方面最多，进步亦最著。……在诗歌，则兼尚技术之美，与唐人尚自然之美者蹊径迥殊。(《静安文集续编》)

清真先生遗事·尚论(选录)

宋时钱唐词人，以(清真)先生与潘阆为最著，而二人身后毁誉适得其反，可谓有幸有不幸矣。

(清真)先生于诗文无所不工，然尚未尽脱古人蹊径。平生著述，自以乐府为第一。"词人甲乙"，宋人早有定论。惟张叔夏病其意趣不高远。然北宋人如欧、苏、秦、黄，高则高矣，至精工博大，殊不逮先生。故以宋词比唐诗，则东坡似太白，欧、秦似摩诘，耆卿似乐天，方回、叔原则大历十才子之流。南宋惟一稼轩可比昌黎。而词中老杜，则非先生不可。昔人以耆卿比少陵，犹为未当也。

(清真)先生之词，陈直斋谓其多用唐人诗句檃栝入律，浑然天成。张玉田谓其善于融化诗句，然此不过一端。不如强焕云"模写物态，曲尽其妙"。为知言也。

山谷云："天下清景，不择贤愚而与之，然吾特疑端为我辈设。"诚哉是言！抑岂独清景而已，一切境界，无不为诗人设。世无诗人，即无此等境界。夫境界之呈于吾心而见于外物者，皆须臾之物。惟诗人能以此须臾之物，镌诸不朽之文字，使读者自得之。遂觉诗人之言，字字为我心中所欲言，而又非我之所能自言，此大诗人之秘妙也。境界有二：有诗人之境界，有常人之境界。诗人之境界，惟诗人能感之而能写之，故读其诗者，亦高举远慕，有遗世之意。而亦有得有不得，且得之者亦各有深浅焉。若夫悲欢离合、羁旅行役之感，常人皆能感之，而惟诗人能写之。故其入于人者至深，而行于世也尤广。(清真)先生之词，属于第二种为多。故宋时别本之多，他无与匹。又和者三家，注者二家(强焕本亦有注，见毛跋)。自士大夫以至妇人女子，莫不知有清真，而种种无稽之言，亦由此以起。然非入人之深，乌能如是耶？

楼忠简谓(清真)先生妙解音律，惟王晦叔《碧鸡漫志》谓："江南某氏者，解音律，时时度曲。周美成与有瓜葛。每得一解，即为制词。故周集中多新声。"则集中新曲，非尽自度。然"顾曲名堂，不能自已"，固非不知音者。故先生之词，文字之外，须兼味其音律。惟词中所注宫调，不出教坊十八调之外。则其音非大晟乐府之新声，而为隋、唐以来之燕乐，固可知也。今其声虽亡，读其词者，犹觉拗怒之中，自饶和婉。曼声促节，繁会相宣；清浊抑扬，辘轳交往。两宋之间，一人而已。

东山杂记(选录)

诗纪制度风俗

古人作诗，直纪当时制度风俗，无凌猎无加减，非苟而已也。如《小雅·瓠叶》一篇咏燕饮食。首章云"酌言尝之"，此泛言也；次章则云"酌言献之"；三章云"酌言酢之"；四章云"酌言酬之"。古人饮酒之礼，主人献宾，宾酢主人，人人酬宾，献酢酬一爵而礼成。《礼经》所纪，无不如是，此诗次序亦同。又《行苇》及《宾之初筵》二篇，序燕射事次序，与《燕礼》及《大射礼》合。《楚辞》序祭祀事，与《特牲馈食》、《少牢馈食礼》略同，惟尊卑有殊，而节目不异。可知古人用语，无一字虚设也。

《望江南》、《菩萨蛮》风行之速

上虞罗氏藏敦煌所出唐写本《春秋后语》背记，有唐咸通间人所书《望江南》二阕、《菩萨蛮》词一阕，别字甚多，盖僧雏戏笔。此二阕，唐人最多为之。其风行实始于太和中间，不十年间，已传至边陲，可见风行之速矣。

《木兰辞》之时代

乐府《木兰辞》，人人能诵之，然罕知其为何时之作。以余考之，则唐太宗时作也。其诗云："策勋十二转，赏赐百千强。"按：隋以前，但有官品，未有勋级，唐始有之。《唐六典》“司勋郎中掌邦国官人之勋级。凡十有二等：十二转为上柱国，比正二品”。则此诗为唐时所作无疑。又，诗中可汗与天子杂称，唐时惟太宗称天可汗，当是太宗时作。前人疑为六朝人诗，非是。

杜工部诗史

杜工部《忆昔》诗：“忆昔开元全盛日，小邑犹藏万家室。稻米流脂粟米白，公私仓廪俱丰实。九州道路无豺虎，远行不劳吉日出。”此追怀开元末年事。《通典》载：“开元十三年，封太山，米斗至十三文，青、齐谷斗至五文。自后天下无贵物，两京米斗不至二十文，面三十五文，绢一匹二百一十文。”正此时也。仅十余年，至天宝十四载十一月，工部自京赴奉先县，作《咏怀》诗，时渔阳反，状未闻也，乃云“朱门酒肉臭，路有冻死骨”；又云“入门闻号啕，幼子饥已卒。所愧为人父，无食致夭折。生常免租税，名不隶征伐。抚迹犹酸辛，平人固骚屑”。盖此十年间，吐番云南，相继构兵，女谒贵戚，穷极奢侈，遂使安禄山得因之而起。君子读此诗，不待渔阳鼙鼓，而早知唐之必乱矣。

杜诗云：“终须相就饮一斗，恰有三百青铜钱。”此至德初长安酒价也。“岂闻区绢直万钱”，此广德蜀中绢价也。“云帆转辽海，粳稻来东吴”，此天宝间渔阳海运事也。三者史所不载，而于工部诗中见之，此其所以为史诗欤？

吴梅村《清凉山赞佛诗》与董小宛无涉

吴梅村《清凉山赞佛诗》四首，咏孝献章皇后事，盖其时民间盛传世庙入五台山为僧之说。然梅村此诗第三首云：“回首长安城，缁素惨不欢。房星竟未动，天降白玉棺。惜哉善财洞，未得夸迎銮。”是世祖虽有欲幸五台山之说，未果而崩也。而《读史有感》八首之一则云：“弹罢警弦便薤歌，南巡翻似为湘娥。当时早命云中驾，谁哭苍梧泪点多。”其二曰：“重壁台庙八骏蹄，歌残黄竹日轮西。君王纵有长生术，忍向瑶池不并楼。”又似真有入道之事。盖梅村时已南归，据所传闻者书之，故二诗前后异辞。即《读史有感》之第三、第八两首，亦云“九原相见尚低头”，“扶下君王到便房”，与前两首不合矣。

《清凉山赞佛诗》云："王母携双成，绿盖云中来。汉主坐法宫，一见光徘徊。"又云："可怜千里草，数落无颜色。"诗中明寓一董字。世祖《御制孝献皇后行状》亦称董皇后。近有妄人，谓后即冒辟疆姬人董小宛白，附会梅村《题董白小像》诗有"暮门深更阻侯门"之句；又以梅村集中此诗之次，为《题董君书扇》诗两首，又其次为《古意》六首，其末章云："掌上珊瑚怜不得，却教移作上阳花。"横相牵涉，遂以《御制行状》与辟疆《影梅庵忆语》合刻一帙。近缪艺风秘监《云自在庵笔记》中，亦载此行状，已微辨其误。按：董氏，实董鄂氏，又作栋鄂氏，为八旗著姓。世祖妃嫔中，出于董鄂氏者共四人，一即孝献皇后，内大臣鄂硕之女。顺治十三年十二月己卯封皇贵妃，十七年八月壬寅薨，以皇太后旨追封为皇后。梅村《清凉山赞佛诗》，实为后而作也。世祖贞妃，亦董鄂氏，轻车都蔚巴度之女，即以世祖晏驾之日自杀。顺治十八年二月壬午谕曰："皇考大行皇帝御宇时，妃董鄂氏赋性温良，恪共内职。当皇考上宾之日，感恩遇之素深，克尽哀痛，遂尔薨逝。芳烈难泯，典礼宜崇，特进封以昭淑，应追封为贞妃。钦此。"梅村《读史有感》八首及《古意》六首亦间为妃作。此外，妃嫔中尚有二董鄂氏，一封皇考宁谧妃，一封皇考端懿妃，皆见于纪载者。至世祖二后，则废后博尔济锦氏，既降为静妃；后博尔济锦氏，即孝惠皇后，亦无宠。见于《御制孝献皇后行状》及屡次谕旨中。由此事实知不独董小宛之说荒谬不足辨，即梅村《读史》、《古意》诸诗，自可迎刃而解。其《读史》之三云："昭阳中帐影婵娟，惭愧深思未敢前。催道汉皇天上好，从容恐杀李延年。"《古意》之四云："玉颜憔悴几经秋，薄命无言只泪流。手把定情金合子，九原相见尚低头。"此两首则为孝献作。至《读史》之八云："铜雀空施六尺床，玉鱼银海自茫茫。不如先拂西陵枕，扶下君王到便床。"《古意》之二云："豆蔻梢头二月红，十三初入万年宫。可怜同望西陵哭，不在分香买履中。"此二首则为贞妃作。若《古意》之一云："争传婺女嫁天孙，才过银河拭泪痕。但得大家千万岁，此生那得恨长门。"此首当指孝惠或静妃言之。又《读史》之七云："上林花落在芳尊，不死铅华只死恩。金屋有人空老大，任他无事拭啼痕。"则又兼写数人事，此外各首当一一有所指，然与董小宛无涉，则可断也。

吴梅村仿唐人本事诗为孔四贞作

梅村《仿唐人本事诗》四首，其后三首，靳氏《集览》谓为孔有德女四贞作，是也。殊不知第一首亦然。其辞曰："聘就蛾眉未入宫，待年长罢主恩空。旌旗月落松林冷，身在昭陵宿卫中。"按：顺治十三年六月癸卯谕礼部曰"奉圣母皇太后谕，定南武壮王孔氏，忠勋嫡裔，淑慎端庄，堪翊壶范，宜立为东宫皇妃。尔部即照例备办仪物，候旨行册封礼"云云。是四贞立为皇妃，已有谕旨，未及册封而世庙登遐，后遂适孙延龄，故有"待年长罢"之句。然则四首，实皆为四贞作也。

周邦彦诉衷情一阕为李师师所作

曩撰《清真先生遗事》，颇辨《贵耳集》、《浩然斋雅谈》所载周清真与李师师事之误。然清真《片玉词》中有《诉衷情》一阕，曰："当时起舞万人长。玉带小排方。喧传京国声价，年少最无量。　花阁迥，酒筵香，想难忘。而今何事，佯向人前，不认周郎。"按：玉带排方，乃宋时乘舆之服。亲王大臣赐玉带者，以方、团别之，复加佩玉鱼、金鱼。且有宋一代，人臣及外戚之赐玉带者，不过数十人，其便服玉带，虽上下通用，然不知倡优何以得服此，且用排方，与天子无别。颇疑此词为师师作矣。

按：师师曾赐金带，见于当时公牍《三朝北盟汇编》。靖康元年正月十五日圣旨：应有官无官诸色人，曾经赐金带，各据前项所赐条数，自陈纳官，如敢隐蔽，许人告犯，重行遣断。后有尚书省指挥云：赵元奴、李师师、王仲绣，曾经祗候倡优之家，曾经赐金带者，并行陈纳。《老学庵笔记》亦言：朱勔家奴数十人，皆服金带。宋制亦三品以上方许服金带，乃倡优奴隶皆得此赐，则玉带排方或出内赐，亦未可知。僭滥至此，真《五行传》所谓"服妖"者矣。

赵　子　昂

文人事异姓者，易代之际往往而有，然后人责备最至者，莫如赵子昂。元僧某题赵子昂书《归去来辞》云："典午山河半已墟，褰裳胄逝望吾庐。翰林学士宋公子，好事多应醉里书。"虞堪胜伯题其《苕溪图》云："吴兴公子玉堂仙，写出苕溪似辋川。回首青山红树下，那无十亩种瓜田。"周良右题其画《竹》则云："中原日暮龙旗远，南国春深水殿寒。留得一枝烟雨里，又随人去报平安。"沈石田题其画马则云："隅目晶荧耳竹披，江南流落乘黄姿。千金千里无人识，笑看胡儿买去骑。"王渔洋题其画羊则云："南渡铜驼犹恋洛，西来玉马已朝周。牧羝落尽苏卿节，五字河梁万古愁。"诸家攻之不遗余力，而虞胜伯一绝，温厚深婉，尤为可诵。虽然，渊渊玉俭，彼何人哉，如赵王孙者，犹其为次也。

钱 牧 斋

……又，吴枚庵《国朝诗选》，以明末诸人别为二卷附录，其第一人为彭捃，子谦之，常山人。初疑无此姓名，及读其诗，皆牧斋作也。此虽缘当日有文字之禁，故出于此。然令牧斋身后，与羽素兰同科，亦谑而虐矣。

叶石林《避暑录话》多精语

……元、明二代，于学术盖无可言，至于诗文，亦不能出唐宋范围，然书画大家，接武而起，国朝则学盛而艺衰，物莫能两大，亦自然之势也。

沈乙庵方伯《秋怀诗》

近时诗人如陈伯严辈，皆瓣香江西。然形貌虽具，而于诗人之旨，殊无所得。令人读之，索然共尽。顷读沈乙庵方伯《秋怀诗》三首，意境深邃而寥廓，虽使山谷、后山为之，亦不是过也。

其一曰：秋叶脱且摇，秋虫吟复喑。秋宵无日气，秋啸无还音。寸寸死月魄，分分析星心。天人目共明，海客珠方沈。惇史执简稿，日车还泞深。寄声寂寞滨，乞我膏肓针。

其二曰：贵已不如贱，鬼应殊胜人。搴蓬语庄叟，乘豹招灵均。荡荡广莫风，悠悠野马尘。独行靡掣曳，长往无缁磷。鬼语诗必佳，鬼道符乃神。道逢钟葵妹，窈窕千花春。绝倒吴道元，貌彼抉目嗔。

其三曰：君为四灵诗，坚齿漱寒石。我转西江水，不能濡涸辙。道穷诗亦尽，愿在世无绝。湛湛长江水，照我十年容。昔梦沧浪清，今情天水碧。撤视人沈冥，忘怀阅朝夕。

于第一章，见忧时之深。第二章，虽作鬼语，乃类散仙。至第三章，乃云"道穷诗亦尽，愿在世无绝"，又非孔、孟、释迦一辈人不能道。以山谷、后山目之，犹皮相也。

二牖轩随录

古人酒令

酒令之由来旧矣。《韩诗外传》：齐侯置酒令曰："后者爵饮一经程。"《后汉书》称贾逵作酒令。《南史·王规传》："湘东王绎与朝士宴集，属规为酒令。"杜工部诗："百罚深杯亦不辞。"殆亦谓酒令罚杯。

端忠敏

端忠敏藏器，分置京师、河南二处，其在行箧者，亦当不少，死事之后，不知流落何所。海宁王静安《壬癸集》中有《蜀道难》一篇，为忠敏作也。

元中统钞

汪水云《湖山类稿》有《醉歌》一首，云："衣冠不改只如先，关会通行满市廛。北客南人成买卖，京师依旧使铜钱。"此记元师初破临安时事。可知宋亡之后，一时尚用会子。又《元史·世祖纪》：至元十三年正月，云南行省赛典赤言："云南贸易与中州不同，钞法实所未谙，莫若以交会、𧴩子，公私通行，庶为民便。从之。"是元于敦定之地，于币制皆仍其故也。又《水云集》中《湖州歌》之一云："晓望燕云正雪天，闭门毡帐恣高眠。内蒙遗钞三千锭，添赐三宫日用钱。"关会与钞字入诗，自此始。**【编者按：从语气看，此则是否出于王国维手笔，实属可疑。】**

钱竹汀论诗句中有韵

钱竹汀先生《养新录》云："《诗三百篇》，往往句中有韵，韵不必在句尾也。《周南》'于嗟麟兮'句，似无韵，实与章首'麟之趾'相应，以两'麟'字为韵也。《召南》'于嗟乎驺虞'，'乎'与'虞'韵。《秦风》'吁嗟乎不承权舆'，'乎'与'舆'韵。《鄘风》'期我乎桑中，要我乎上宫'，'中'与'宫'韵，'桑'与'上'亦韵也。《邶风》'有渳济盈，有鷕雉鸣'，'盈'与'鸣'韵，'渳'与'鷕'亦韵也。《唐风》'角枕粲兮，锦衾烂兮'，'粲'与'烂'韵，'枕'与

‘衮’亦韵也。(余按:“角”“锦”又双声字)《大雅》‘文王曰咨,咨女殷商’二句似无韵,而‘文’与‘殷’,‘王’与‘商’皆韵,‘咨’、‘咨’亦韵。韵不必在句尾也。《魏风》‘父曰嗟,予子行役。母曰嗟,予季行役。兄曰嗟,予弟行役’,‘于’与‘已’正韵,‘季’与‘寐’弃韵,‘弟’与‘偕’死韵。此韵不在句尾之证也。”王文简《经义述闻》中复推广其说,引《诗》及诸经共百余条以证之,而谓古人“属辞之工、比音之密如此,譬之风行水上,自然成文,而非可以人力与焉者也”。愚谓古诗皆被之咏歌,凡用一声,后必使此声数起,然后谐于耳而顺于心,所谓“声成文,谓之音”也。诗之用韵,及古诗之每章同一句法,皆出于此。

双声诗

古人有双声诗,始于齐王融,使口吃者读之,可发一笑也。有通首用一声者,如融诗:“园蘅眩红葩,湖荇烨黄华。回鹤横淮翰,远越合云霞。”东坡《戏和正甫一字韵诗》云:“故居剑阁隔锦官,柑果姜蕨交荆菅。奇孤甘挂汲古绠,侥觊敢揭钩金竿。已归耕稼供藁秸,公贵干蛊高巾冠。改更句格各蹇吃,姑因狡狯加间关。”又《西山戏题武昌王处士》诗云:“江干高居坚关扃,犍耕躬稼角挂经。篙竿系舸菰茭隔,笳鼓过军鸡狗惊。解襟顾景各箕踞,击剑赓歌几举觥。荆笄供脍愧搅聒,干锅更戛甘瓜羹。”又《江行见月四言诗》云“吟哦傲兀,仰晤嵲月。迈巘迎崖,银刓玉啮。源鱼唫喁,岸雁鴚鵝。卧玩我语,聱牙岌嶪”是也。

有五律中四句,二句一声起结,每句一声者,如温飞卿《李先生别墅望僧舍宝刹作双声诗》云:“栖息消心相,檐楹溢艳阳。帘栊兰露落,邻里柳林凉。高阁过空谷,孤竿隔古冈。潭庭同淡阳,仿佛复芬芳。”有一句一声者,如姚武功《洞庭葡萄架》诗“萄藤洞庭头,引叶漾盈摇。皎洁钩高挂,玲珑影落寮。阴烟压幽屋,濛密梦冥苗。清秋青且翠,冬到冻都凋”;东坡《戏作切语竹》诗云“隐约安幽奥,萧骚雪薮西。交加工结构,茂密渺冥迷。引叶油云远,攒丛聚族齐。奔鞭迸壁背,脱箨吐天梯。烟筱散孙息,高竿拱桷枅。漏兰零露落,庭度独蜩啼。扫洗修纤笋,窥看诘曲溪。玲珑绿醽醴,邂逅盍闲携”是也。有一句用二声者,如皮日休《双声溪上思》云“疏衫俄通滩,冷鹭立乱浪。(此句用一声)草彩欲夷犹,云谷空淡荡”是也。此诗皆古人戏作,读之棘口,语亦不能工,此正沈约八忌之一也。

李后主词反因书以传

《南唐二主词》，南宋长沙书肆有刊本，以后五百年，未见再刻。国初无锡侯文灿，始重刻于《名家词》中，余曾将南词本校勘一过，并从总集中搜补十二阕，则近岁番禺沈氏刊于《晨风阁丛书》中者是也。余跋其后云：右南词本《南唐二主词》，与常熟毛氏所钞、无锡侯氏所刻，同出一源，犹是南宋初辑本，殆即《直斋书录解题》所著录"长沙书肆所刊行"者也。直斋云："卷首四阕，《应天长》、《望远行》各一，《浣溪沙》二，中主所作，重光尝书之，墨迹在盱江晁氏。"此本正同。其余诸词，半从真迹入录，且著其所藏之家，如《浪淘沙》下云"传自池州夏氏"，《采桑子》下云"二词墨迹，在王季宫判院家"，《玉楼春》下云"以后两词，传自曹功显节度使，云墨迹旧在京师梁门外李王寺一老尼处，故敝难读"，《谢新恩》下云"以下六首，真迹在孟郡王家"。是全书卅七首中，其十五首，出自真迹。其所举王季宫判院、曹功显节度使、孟郡王氏，皆南宋初叶人。王季宫，疑王季海之讹。季海，王淮字也。《宋史·宰辅表》：王淮以淳熙三年七月，同知枢密院。次年五月，除参知政事。此云王季海判院，则编录此书时，季海正知枢密院事也。又曹功显，曹勋字。《宋史》勋本传："勋以绍兴廿九年拜昭信军节度使。"又《外戚传》："孟忠厚以绍兴七年封信安郡王。"是三人，皆高、孝间人。此书为孝宗淳熙间所编辑矣。后主工书，其墨迹流传者，宋人甚珍之，故殁后百年，后人犹得辑其词为一集，则词反因书以传矣。

徐镇挽后主词至哀痛

王铚《默记》载李后主之死，祸由徐铉，然铉作后主挽词二篇，乃至哀痛。其一云："倏忽千龄尽，冥茫万事空。青松洛阳陌，荒草建康宫。道德遗文在，兴衰自古同。受恩无补报，反袂泣途穷。"其二曰："士德承余烈，江南广旧恩。一朝人事变，千古信书存。哀挽周原道，铭旌郑国门。此身虽未死，寂寞已销魂。"字字血泪，与夫反颜若不相识者异矣。

汪水云忆王孙词为瀛德祐事作

汪水云《湖山类稿》中，有集句《忆王孙词》九阕，语甚凄惋，为瀛德祐事作也。其一曰：汉家宫阙动高秋。人自伤心水自流。今日晴明独上楼。

恨悠悠。白尽梨园子弟头。

其二曰：吴王此地有楼台。风雨谁知长绿苔。半醉闲吟独自来。小徘徊。惟见江流去不回。

其三曰：长安不见使人愁。物换星移几度秋。一自佳人坠玉楼。莫淹留。远别秦城万里游。

其四曰：阵前金甲受降时。园客争偷御果枝。白发宫娃不解悲。理征衣。一片春帆带雨飞。

其五曰：鹧鸪飞上越王台。烧接黄云惨不开。有客新从赵地回。转堪哀。岩畔古碑空绿苔。

其六曰：离宫别苑草萋萋。对此如何不泪垂。满槛山川漾落辉。昔人非。惟有年年秋雁飞。

其七曰：上阳宫里断肠时。春半如秋意转迷。独坐纱窗刺绣迟。泪沾衣。不见人归见雁归。

其八曰：华清宫树不胜秋。云物凄凉拂曙流。七夕何人望斗牛。一登楼。水远山长步步愁。

其九曰：五陵无树起秋风。千里黄云与断蓬。人物萧条市井空。思无穷，惟有青山似洛中。

九词均天然凑合，无集句之迹，殆可与谢任伯（克家）原词相颉颃。谢词云：

萋萋芳草忆王孙。柳外楼高空断魂。杜宇声声不忍闻。欲黄昏。雨打梨花深闭门。（编者按，此为宋人李重元作，王国维云作者为谢克家，不知何据。）

实为徽、钦北狩而作，真千古绝调也。

汪水云《重过金陵》远在梦窗之上

词调中最长者，为《莺啼序》，词人为之者甚少，亦不能工。汪水云《重过金陵》一阕，悲凉委婉，远在吴梦窗之上。因梦窗但知堆垛，羌无意致故也。汪词曰：

金陵故都最好，有朱楼迢递。嗟倦客，又此凭高，槛外已少佳致。更落尽梨花，飞尽杨花，春也成憔悴。问青山，三国英雄，六朝奇伟。

麦甸葵丘，荒台败垒，鹿豕衔枯荠。正潮打孤城，寂寞斜阳影里。听楼头哀笳怨角，未把酒，愁心先醉。渐夜深，月满秦淮，烟笼寒水。

凄凄惨惨，冷冷清清，灯火渡头市。慨商女不知兴废，隔江犹唱庭花，余音亹亹。伤心千古，泪痕如洗。乌衣巷口青芜路，认依稀，王谢旧邻里。临春结绮，可怜红粉成灰，萧索白杨风起。　因思畴昔，铁索千寻，漫沉江底。挥羽扇，障西尘，便好角巾私第。清谈到底成何事？回首新亭，风景今如此。楚囚对泣何时已。叹人间，今古真儿戏。东风岁岁还来，吹入钟山，几重苍翠。

元王学文作《摸鱼儿》一阕，送汪水云入湘。其词曰：

记当年舞衫零乱，淋铃忍按新阕。杜鹃枝上东风急，点点泪痕凝血。芳信歇。念初试琵琶，曾识关山月。怨弦易绝。奈笑罢颦生，曲终愁在，谁解寸肠结。　浮云事，又作南柯梦彻。一簪聊寄。乾坤桑海无穷事，不历昆明初劫。谁共说。都付与焦桐，写入梅花叠。黄花送客，休更问湘魂，独醒何在，沉醉浩歌发。

吴梅村《清凉山赞佛诗》

陈其年《读史杂感》云："董承娇女拜充华，别殿沈沈门钿车。一自恩波专戚里，遂令颜色擅官家。丽山戏马人如玉，虎圈当熊脸似霞。玉柙珠襦连岁事，茂陵应长并头花。"《雪桥诗话》谓此诗当与梅村《清凉山赞佛诗》同时作，并引梅村《读史有感》"君王纵有长生术，忍向瑶池不并楼"二句相况，皆咏世祖及孝献皇后。其说是也。

梅村《清凉山赞佛诗》第四首，曲终奏雅，归之讽谏，如云"乘时方救物，生民难其已。淡泊心无为，怡神在玉几。长以竞业心，了彼清净理"，可谓深知佛理者。文人慧业，衲子千百辈，不能道此语也。

梅村又有《七夕感事》一首云："天上人间总玉京，今年牛女倍分明。画图红粉深宫恨，砧杵金闺瘴海情。南国绿珠辞故主，北邙黄鸟送倾城。

凭君试问雕陵鹊，一种银河风浪生。”近妄人有附会孝献皇后即董小宛者，盖因此诗。其实梅村此诗，作于京师，在孝献皇后崩御之前，不得有“黄鸟送倾城”一语。南国一联，自各咏一呈，后人合而训之，非也。

山阳鲁通甫之长庆体乃能与娄东抗手

宋元以来诗人，为初唐长庆体者甚少，为之亦辄不工。至国初，始得吴娄东。乾、嘉以后，效吴体者渐多，大抵有肉无骨，如陈云伯辈耳。独山阳鲁通甫先生，根柢深厚，气骨高骞，乃能与娄东抗手。兹录其《汉宫词》三篇，可以见其一斑。(略)

通甫滑稽之语可诵

通甫《题顾横波小像诗》云：“彦回须髯如有神，眉娘风貌真天人，遭时变化生风云。鱼轩采翟江南春，江南朱楼绿水滨，清歌一曲花氤氲。云窗雾阁天黄昏，红灯促骑来逡巡，归报相公公勿嗔：丈夫能死死甲申，夫人乐矣不忧君。”滑稽之语可诵也。

通甫《落叶》一首，极体物之工。云：“银屏秋冷虫声歇，空阶夜静闻落叶。骚骚屑屑三两声，帘笼不卷灯微明。初疑细雨洒秋箔，一声半声犹落索。春蚕夜食蟹爬沙，枯荷万柄风吹斜。回廊曲涧飞更起，宿鸟投林船过苇。转空堕地轻更轻，软沙细草行人行。陇头孤客听不得，淮南思妇难为情。枯枝一夕飒萧爽，瞳瞳晓日当窗上。”又其《宋书小乐府》之一云：“江左风流相，翩翩帽外斜。天生王仲宝，卖却妇翁家。”比古人所拟《褚渊王俭传赞》云“渊既世胄，俭亦国华。不思舅氏，遑卹妇家”。尤可笑也。

阅古漫录一则

恽南田画柳四页并后题绝句十二章，哀感顽艳，世所希有，不独绘事之工也(诗略)。

戏曲考原(选录)

《楚辞》之作，《沧浪》《凤兮》二歌先之；诗余之兴，齐、梁小乐府先之。

独戏曲一体，崛起于金元之间。于是，有疑其出自异域，而与前此之文学无关系者，此又不然。尝考其变迁之迹，皆在有宋一代，不过因金元人音乐上之嗜好而日益发达耳。

戏曲者，谓以歌舞演故事也。古乐府中如《焦仲卿妻》诗、《木兰辞》、《长恨歌》等，虽咏故事，而不被之歌舞，非戏曲也。

书　信

一、1912年2月11日致缪荃孙：昨接赐书，并《咏史》四律，至为感佩。三、四两章尤有当于人心，唯在内地则为罪言矣。（《王国维全集·书信》）

二、1912年4月10日致缪荃孙：前日接手书，并《石经诗》等，敬谂杖履安和为颂。《颐和园词》数日内可印成，再行奉寄。

三、1912年5月31日致铃木虎雄：前从日本及日本人中见大著《哀情赋》，仆本拟作《东征赋》，因之搁笔。前作《颐和园词》一首，虽不敢上希白傅，庶几追步梅村。盖白傅能不使事，梅村则专以使事为工。然梅村自有雄气骏骨，遇白描处尤有深味，非如陈云伯辈，但以秀缛见长，有肉无骨也。拙诗附呈，祈教正。

四、1912年6月23日致铃木虎雄：承惠《槐南集》并辱手书，均拜收。《颐和园词》，称奖过实，甚愧。此词于觉罗氏一姓末路之事略具，至于全国民之运命，与其所以致病之由，及其所得之果，尚有更可悲于此者，拟为《东征赋》以发之，然手腕尚未成熟，姑俟异日。尊论梅村诗，深得中其病。至于龙跳虎卧而见起伏，鲸铿春丽而不假典故，要唯第一流之作者能之。梅村诗品，自当在上中、上下间，然有清刚之气，故不致如陈云伯辈之有肉无骨也。拙词，尊意拟转载贵邦杂志，毫无不可。《槐南集》卷帙甚富，敝国近代无此巨帙，容缓缓细读。（编者按：《槐南集》，二十八卷，日人森大来撰，有明治45年日本文会堂书店铅印本。）

五、1912年12月19日致铃木虎雄：前日于《艺文》中得读大著《哀将军曲》，悲壮淋漓，得古乐府妙处。虽微以直率为嫌，而真气自不可掩。贵邦汉诗中实未见此作也。近作《蜀道难》一首，乃为端午桥尚书方作，谨以誊写板本呈上，唯祈教之。

【编者注：端方，字午桥，曾任陆军部尚书。】

六、1913年1月5日致缪荃孙：授公购得元刊《虞伯生诗续稿》四卷，（编者按：授公，董康，字授经。）以校《学古录》及《遗稿》，仅多诗三两首。然元刊元印，书法甚精，以板本言之，至可宝也。……《蜀道难》寄上一份，另《颐和园词》一则赠梁心老（刘寅生注：梁鼎芬，字星海、心海），请转送为感。

七、1913年3月26日致缪荃孙：维自阴历开岁后共作诗十余首，而此《隆裕太后挽歌辞五言排律九十韵》颇为满意，惜篇幅太长，不能写呈，拟将至东以后诗编成一卷，付之排印，再行奉呈教正。

八、1913年5月13日致缪荃孙：昨奉赐书并大稿《山陵挽诗》五律二首。读至"地老鹃啼血，天悲鹤语寒"，因忆去岁除夕作"可但先人知汉腊，定闻老鹤语尧年"，竟成谶语，岂不异哉！拙作排律用通韵，法古人，似但有一二字出入。若全首通押，现未能发见其例。惟国维平生于诗最不喜用僻韵，致使一诗中有骈枝之语、不达之意，故大胆为之。且其中"髯""佥"二字（以今日已无闭口声，故亦放胆用之。）阑入盐咸闭口韵，尤为从古所无。劳玉老（刘寅生注：劳乃宣，字玉初，号韧叟。）曾以是相规，心知其非而不能改也。要之，此等诗非为一时而作，但使后之读此诗者惜其落韵，斯亦足矣。诗止于九十韵，亦由此故，若必敷衍成百韵，则难免无谓之语插入其间，先生以为何如？至东以后得古今体诗二十首，中以长篇为多，现在拟以日本旧大木活字排印成册，名曰《壬癸集》，成后当呈教。

九、1914年3月23日致缪荃孙：前作《孝定景皇后挽歌辞》，东报借刊之，今剪出奉上，请正之。

十、1916年7月30、31日致罗振玉：顾氏《元诗选》乃收及《宝绘录》，真意料所不及。此书国初人已议其伪，岂侠君曾未之知耶？

【编者注，顾嗣立，字侠君，曾编辑《元诗选》。】

十一、1916年8月30日致罗振玉：索乙老书扇，为书近作四律索和，三日间仅能交卷，而苦无精思名句，即乙老诗亦晦涩难解，不如此前诸章也。

【编者注：乙老，沈曾植，号乙盦。】

十二、1916年12月28日致罗振玉：初二以后无事，为乙老写去年诗稿共十八页，二日半而成。其中大有杰作，一为王聘三方伯作《鬻医篇》，一为《陶然亭诗》，而去年还嘉兴诸诗议论尤佳。其《卫大夫宏演墓诗》云"亡虏幸偷生，有言皆粪土"，今日往谈称此句，乙云非见今日事不能为此语。

十三、1917 年 8 月 23 日致罗振玉：缪种（此名系孙益庵所加，与公不谋而合。）近作数诗，为桀犬之吠，（其如桀不承认何）其仿李义山《重有感》诗中有一句云，浑如梦呓，然又有数句似有稷黍之感者，此人末路乃不异中将汤，阅者人人捧腹。

十四、1918 年 7 月 7 日致罗振玉：素公此行有《度陇吟》一卷，永已传抄一本，俟君羽归时带呈，藏之大云书库。当代男子要惟横渠与此公耳！其诗末二首大不满于二马，据他人所传则不尽然。盖其入塞犹是宁夏遣人送之直抵张家口，当素西行时中央已有所闻，电西垂查其踪迹，而马已先电政府，谓其以产业事公行来此，我辈皆其旧部不得不保护之。则二马亦尚有旧谊。惟素所望于彼等者，世固不能有此事也。

【编者注：素公，升允，号素庵，蒙古贵族。这里所谓"入塞"，是指当时升允往西北招集旧部企图复辟。】

十五、1921 年 6 月 20 日致蒋谷孙：《李贺歌诗编》及小本《莲华经》已交尊公处，李贺诗用金本一勘，其与金本异同处，十之八九皆系剜改，而金本祖本系司马温公藏本，即北本未剜改本。此则经南渡后剜改之本，其刊于北宋即此可证。

十六、1922 年致顾颉刚信：顷阅胡君适之《水浒》、《红楼》二卷，犁然有当于心。其提倡白话诗文，则所未敢赞同也。（载《文献》第 18 辑，1983 年 12 月）

十七、1923 年 12 月 6 日致蒋汝藻：昨接手书，敬审《北硐集》二册已收到，至慰。此公文字俊逸，在惠洪诸人之上，与《参寥》相俪，诚为双璧。更喜俱有宋本，可与《雪蓑》、《草窗》同观也。

【编者注：《北硐集》，宋释居简之文集。《参寥子集》，宋僧道潜撰。】

十八、1924 年 1 月 6 日致蒋汝藻：《北硐集》图书馆所藏陆本亦有文无诗，四库本亦只十卷，不识世间尚有足本否？此人诗必佳，恐不在《参寥》下也。

十九、1925 年 8 月 29 日致陈乃乾：《人间词话》乃弟十四五年前之作，当时曾登《国粹学报》，与邓君如何约束，弟已忘却，现在翻印，邓君想未必有他言。但此书弟亦无底稿,不知其中所言如何,请将原本寄来一阅,或者有所删定,再行付印,如何?

二十、1925年9月18日致陈乃乾:前日接手书,并《人间词话》一册,敬悉一切。《词话》有讹字,已改正,兹行寄上,请誊入。但发行时,请声明系第十五年前所作,今觅得手稿,因加标点印行云云,为要。

【编者注:龙沐勋《研究词学之商榷》引张孟劬说:"王书(按指《人间词话》)早出,未为精审,晚年亦颇自悔少作。"或许就是据此信而言。】

附录四 《人间词话》相关资料

人间词甲稿序

王君静安将刊其所为《人间词》，诒书告余曰："知我词者莫如子，叙之亦莫如子宜。"余与君处十年矣，比年以来，君颇以词自娱。余虽不能词，然喜读词，每夜漏始下，一灯荧然，玩古人之作，未尝不与君共，君成一阕，易一字，未尝不以讯余，既而睽离，苟有所作，未尝不邮以示余也；然则余于君之词，又乌可以无言乎？

夫自南宋以后，斯道之不振久矣。元明及国初诸老，非无警句也，然不免乎局促者，气困于雕琢也；嘉道以后之词，非不谐美也，然无救于浅薄者，意竭于摹拟也。君之于词：于五代喜李后主、冯正中，于北宋喜永叔、子瞻、少游、美成，于南宋除稼轩白石外，所嗜盖鲜，尤痛诋梦窗、玉田，谓梦窗砌字，玉田垒句，一雕琢，一敷衍，其病不同，而同归于浅薄。六百年来，词之不振，实自此始，其持论如此。及读君自所为词，则诚往复幽咽，动摇人心，快而能沉，直而能曲，不屑屑于言词之末，而名句间出，殆往往度越前人。至其言近而旨远，意决而辞婉，自永叔以后，殆未有工如君者也。君始为词时，亦不自意其至此，而卒至此者，天也，非人之所能为也。

若夫观物之微，托兴之深，则又君诗词之特色，求之古代作者，罕有伦比。呜呼，不胜古人，不足以与古人并，君其知之矣。世有疑余言者乎？则何不取古人之词，与君词比类而观之也。光绪丙午三月山阴樊志厚叙。

人间词乙稿序

去岁夏，王君静安集其所为词，得六十余阕，名曰"人间词甲稿"，余既叙而行之矣。今冬复汇所作词为乙稿，丐余为之叙，余其敢辞，乃称曰：

文学之事，其内足以摅己而外足以感人者，意与境二者而已。上焉者，意与境浑，其次或以境胜，或以意胜，苟缺其一，不足以言文学。原夫文学之所以有意境者，以其能观也，出于观我者，意余于境；而出于观物者，境多于意。非物然无以见我，而观我之时，又自有我在。故二者常互相错综，能有所偏重，而不能有所偏废也。文学之工不工，亦视其意境之有无与其深浅而已。

自夫人不能观古之人之所观，而徒学古人之所作，于是始有伪文学。学者便之，相尚以辞，相习以模拟，遂不复知意境之为何物，岂不悲哉！苟持此以观古今人之词，则其得失可得而言焉：温、韦之精艳，所以不如正中者，意境有深浅也。《珠玉》所逊《六一》，小山所以愧淮海者，意境异也。美成晚出，始以辞采擅长，然终不失为北宋人之词者，有意境也。南宋词人之有意境者，唯一稼轩，然亦若不欲以意境胜。白石之词，气体雅健耳，至于意境，则去北宋人远甚。及梦窗、玉田出，并不求诸气体，而惟文字之是务，于是词之道熄矣。自元迄明，益以不振。至于国朝，而纳兰侍卫以天赋之才，崛起于方兴之族，其所为词，悲凉顽艳，独有得于意境之深，可谓豪杰之士，奋乎百世之下者矣。同时朱、陈，既非劲敌；后世项、蒋，尤难鼎足。至乾、嘉以降，审乎体格韵律之间者愈微，而意味之溢于字句之表者愈浅，岂非拘泥文字而不求诸意境之失欤？抑观我观物之事，自有天在，故难期诸流俗欤！

余与静安均夙持此论。静安之为词，真能以意境胜。夫古今人词之以意胜者，莫若欧阳公，以境胜者莫若秦少游，至意境两浑，则唯太白、后主、正中数人足以当之。静安之词，大抵意深于欧，而境次于秦。至其合作，如甲稿《浣溪沙》之“天末同云”，《蝶恋花》之“昨夜梦中”，乙稿《蝶恋花》之“百尺朱楼”等阕，皆意境两忘，物我一体，高蹈乎八荒之表，而抗心乎千秋之间，骎骎乎两汉之疆域广于三代，贞观之政治隆于武德矣。方之侍卫，岂徒伯仲？此固君所得于天者独深，抑岂非致力于意境之效也。

至君词之体裁，亦与五代、北宋为近。然君词之所以为五代北宋之词者，以其有意境在。若以其体裁故，而至遽指为五代、北宋，此又君之不任

受，固当与梦窗、玉田之徒专事摹拟者同类而笑之也。光绪三十三年十月山阴樊志厚叙。（《苕华词》）

【编者注：此二序，依赵万里《静安先生年谱》，谓即出自王国维所自撰，故意假托其友樊志厚。又，罗振常《人间词甲稿序跋》言之更详，似可信，故而存之。据陈鸿祥先生《人间词注评》引述罗《跋》于下：樊少泉茂才（炳清），与人间同肄业东文学校，交甚契。顾体羸多病，怠于进取，尝自憾志行薄弱，遂更名志厚，字抗甫。故序后所署如此（其后仍用原名）。时，人间在吴门师范学校授文学。先期来书谓：词稿将写定，丐樊作序。樊应之，延不属稿。一日，词稿邮至。余与樊君开缄共读，而前已有序。来书云：序未署名，试猜度为何人作，宜署何人名，则署之。樊读竟大笑，遂援笔书己名。盖知樊性懒，此序未可以岁月期，遂代为之也。前尘历历如昨，而樊君墓草亦宿，忆此为之怅然。振常附记。

时，人间方究哲学，静观人生哀乐，感慨系之。而《甲稿》词中"人间"字凡十余见，故以名其词云。又记。】

戏效季英作口号诗

【编者按：此六绝句，王国维题于《人间词话》原稿卷首。季英：刘大绅，字季缨，又季英，刘鹗第四子，罗振玉长婿。】

舟过瞿塘东复东，竹枝声里杜鹃红。白云低渡沧江去，巫峡冥冥十二峰。

朱楼高出五云间，落日凭阑翠袖寒。寄语塞鸿休北度，明朝飞雪满关山。

夜深微雨洒帘栊，惆怅西园满地红。秾李夭桃元自落，人间未免怨东风。

双阙凌霄不可攀，明河流向阙中间。银灯一队经驰道，道是君王夜宴还。

雨后山泉百道飞，冥冥江树子归啼。蜀山此去无多路，要为催人不得归。

十年肠断寄征衣，雪满天山未解围。却听邻娃谈故事，封侯夫婿黑头归。

参 考 书 目

1.《王国维遗书》，商务印书馆 1940 年版，上海古籍书店 1983 年影印。

2.《王国维全集·书信》，刘寅生、袁英光编，中华书局 1984 年。

3.《王国维哲学美学论文辑佚》，佛雏校辑，华东师范大学出版社 1993 年。

4.《人间词话导读》，黄霖等导读，上海古籍出版社 1998 年。

5.《王国维学术随笔》，赵利栋辑校，社会科学文献出版社 2000 年。

6.《人间词、人间词话注评》，陈鸿祥注评，江苏古籍出版社2002 年。

7.《〈人间词〉〈人间词话〉手稿》，浙江古籍出版社 2005 年。